河東先生集

3

[唐] 柳宗元 撰

明嘉靖濟美堂本

讀者出版社

河東先生文集卷第十五

問荅

晉問

公晉人實以堯之故都爲重故設武陵之問而悉以晉之名物對一曰晉之山河表裏而險固二曰晉之金鐵甲堅而刃利三曰晉之名馬其强可恃四曰晉之北山其材可取五曰晉之河魚可爲偉觀六曰晉之鹽實可以利民七又先言文公覇業之盛而後以堯之遺風終焉其爲文可謂工矣晁無咎嘗取此大附續楚詞其系有曰枚乘七發盇以纖諷吳王濞毋反晉問亦七盇效七發以諷諷時君薄事役而隆道實云

吳子問於柳先生曰吳子武陵先生晉人也公河東人晉之故宜知之故下一有封字曰然然則吾願聞之可乎曰可晉之故封太行掎之太行在澤州晉城縣一云在懷州修武縣西北則此山當在二州之界也漢地理志太行山在河內山陽縣西北掎謂掎角也〇掎舉綺切偏引也首陽起之首陽山在河東蒲版縣華山之北河曲之中黃河迤之黃河之源出自崑崙循雍州北儌達華陰至於德州而入于河大陸靡之書大陸既作漢晉地盖當河之曲也說文云迤邪行也〇迤移爾切地理志在鉅縣北澤名也按通典在趙州昭慶縣即隋大陸縣地有大陸澤又云深州有陸澤縣大陸亦在此則此澤當在二州之界也靡釋文云靡曼也或巍而高

或呀而淵呀張口也。呀虛加切景霍汾澮晉語景霍以爲城汾河涑澮以爲淵景大也景霍謂霍大山在河東彘縣汾河涑澮四水名以經其壖說文壖城下田也。壖如緣切若化若遷鈎嬰蟬聯然後融爲平川而侯之都居晉侯之國大夫之邑建焉其高壯則騰突撑拒撑衺柱也拒捍也。撑抽庚切拒音巨聱岈鬱怒聱語不入也唅岈山深貌。聱五交切岈許加切一本有焉字若熊羆之咆熊音雄羆音碑。咆音庖嗥也虎豹之嘷音豪終古而不去攫秦搏齊攫持也攫厥縛切當者失據莢狄惴怯若卵就壓若泰山之壓累卵。就一作輾振振業業覷闞蹀

戶覷伺視也踧踖也○覷七慮切踧達協切惕若僕妾其按衍則
平盈旋緣紆徐夷延若飛鸃之翔舞鸃余專切與鳶
同泂水之容與泂說文云痗泂也釋文遡流而上泂音回以稼則
碩以植則茂以牧則蕃以畜則庶而人用是
富而邦以之阜其河則濬源崑崙入于天淵
黃河見上注出乎無門行乎無垠自匈奴而南以
界西鄙匈奴單于在晉之西衛奔太華太華即華岳也在晉之西運
肘東掯混潰后土混音渾潰胡對切散也濆濁㶟沸濆湧
也音汾房物切又黿鼉詭怪黿似鼈而大鼉水虫力至猛能攻陷河岸○鼉

音元鼉徒河切于于汩汩騰倒駃越駃馬足疾貌音伕委泊
涯涘涘水涯音俟呀呷欱納呀張口也呷吸呷也欱大歠也○呀虛加
切呷迄甲切欱呼合切擢雜失墜其所蕩激則連山參
差廣野壞裂轟雷努風轟呼宏切撼鴿于巎撼搖也戶
感切鴿字諸韻无之一本作頷釋云願下也音憾巎音憂崩石之所轉躍
大木之所擢拔漰泙洞踏者漰水激有聲泙亦水鳴聲○漰
披朋切泙白明切與弁通踏音沓彌數千里若萬夫之斬伐
而其軸轤之所負轤船前刺擢處軸船後施拖處又漢律名船方長爲
軸轤二字皆當從舟音逐盧橦檣之所御檣船桅也音牆橦傳江切鱗

川林壑隩雲遁雨瞬目而下者瞬搖目也音舜榛榛
沄沄榛音蓁一本作溱溱音同沄音云百舍一赴若是何如吳
子曰先生之言豐厚險固誠晉之美矣然晉
人之言表裏山河者左傳僖二十六年子犯曰若其不捷表裏山河
必无害也備敗而已非以爲縈觀顯大也吳起所
謂在德不在險史記魏武侯浮西河而下謂吳起曰美哉山河之固此魏
國之寶也起曰在德不在險也此晉人之籍也籍或作藉云籍記也願
聞其他
先生曰太鹵之金太鹵大原晉陽縣。鹵音魯棠谿之工

棠谿屬蔡州史記蘇秦說韓宣惠王曰韓卒之劍戟皆出於冥山棠溪徐廣曰汝南吳房有棠谿亭火化水淬淬滅火取內切器備以充爲棘棘即戟也
爲矛說文云前矛也建柲兵車長二丈爲鎩長矛曰鎩音殺爲鈎爲
鏑箭鏃爲鏃爲晏本如此寫宣獻本无爲鏃爲三字爲鏃說文云矢金鏃
翦羽日鏃音鏃出太白太白星名注西漢志太白兵象也徵蓐收昭二
十九年左傳少昊氏之子日該爲蓐收西方之神召招搖招搖北斗七星也春
秋運斗樞云北斗七星第一天樞第二天旋第三機第四權第五衡第六開陽第七搖光
搖光即招搖晉志招搖主胡兵伏蚩尤漢武帝建元六年蚩尤之旗見其長亘天
蚩尤彗星隋志旋星散爲蚩尤旗見則王者征伐四方肅肅縱縱山宜切一

本作祁祁合衆靈而成之慱者狹者曲者直者歧者勁者長者短者攢之如星奮之如霆運之如縈浩浩奕奕淋淋滌滌淋以水沃也滌洒也○淋音林滌音迪熒熒的的熒音螢若雪山氷谷之積觀者膽掉徒弔切目出寒液液淚也當空發耀英精互繞晃蕩洞射天氣盡白日規爲小爍雲破霄爍式灼切跕墜飛鳥漢書飛鳶跕跕墮水中釋文跕跕墮落也○跕都牒切又它協切弓人之弓函人之甲膠角百選犀兕七屬周禮弓人爲弓取六材必以其時角也者以爲疾也膠也者以爲和也函人爲甲犀甲七

屬兕角六屬○屬音注乃使踉超掖夾之倫（踉足踵音掖夾音挾）服而持之南瞰諸華（瞰遠視也若濫切）北讋羣夷（讋失氣言也質涉切）技擊節制（荀子齊之技擊不可以遇魏之武卒魏之武卒不可以當桓文之節制）聞於天下是爲善師延目而望之固以拳拘喘汗免胄肉袒進不敢降退不敢竄若是何如吳子曰夫兵之用由德則吉由暴則凶是又不可爲矣觀也先軫曰師直爲壯曲爲老（左傳僖二十八年子犯曰師直爲壯曲爲老此云先軫言恐誤）況徒以堅甲利刃之爲上哉

先生曰晉國多馬屈焉是產左傳僖二年晉荀息請以屈產之乘假道於虞以伐虢杜預注屈晉地名生良馬土寒氣勁崖圻谷裂草木短縮鳥獸墜匿而馬蕃焉師師兟兟兟進也音詵溶溶紜紜轠轠轔轔轠音雷轔音隣或赤或黃或玄或蒼或醇或駹駹雜也莫江切黮然而陰黮黑色音掩炳然而陽若旌旃旗幟之煌煌幟音侈乍進乍止乍伏乍起乍奔乍躓躓跲也音致若江漢之水疾風驅濤擊山盪壑盪音蕩又它浪切雲沸而不止羣飲源槁源槁水碣廻食野赭赭赤色音者浴川

相馬經一筋從玄中出謂之蘭筋玄中者目上陷如井字蘭筋豎者千里

蹙浪噴霞播灑噴鼓鼻也普悶切灑字音洒潰潰焉若海
神鶩雲而來下觀其四散惝怳惝怳狂貌上齒兩切本作
潎下許往切開合萬狀喜者鵲厲怒者人搏決然
坌躍坌蒲悶切千里相角風騣霧鬣騣祖紅切鬣音獵斸
山扶崟斸斫也音燭耳搖層雲腹捎衆木寂寥遠
遊不夕而復攫地跳梁堅骨蘭筋交頸互齧
倪結切鬪目相馴聚溲更噓昂首張斷其小者
則連牽繳繞上古了切下爾沼切仰乳俯齕齕齧也下沒切蟻
雜螽集螽蝗也音終啾啾潗潗上林賦潗湁鼎沸注謂水激也。潗七立切啾即由切旅走叢立其材之可者收歛攻教掉手飛麋指毛命物百步就羈牽以葥息見信二年谷梁傳御以王良左傳哀二年郵良曰我兩靷將絕吾能止之我御之上也超以范鞅左傳襄二十三年范鞅逆魏舒請驂乘持帶遂超乘軒以欒鍼左傳成十六年步毅御晉厲公欒鍼爲右撅公以出於淖巳上四公皆晉之臣○欒音鸞鍼音鈴以佃以戎獸獲敵摧若是何如吳子曰恃險與馬者子不聞乎故曰冀之北土馬之所生是不一姓左傳昭四年司馬侯曰恃險與馬而虞鄰國之難是三殆也九州之險是不一姓冀之北土馬之所生無興國焉恃險與馬不可以爲固

也冀北即冀州之北請置此而新其說

先生曰晉之北山有異材梓匠工師之爲宮室求大木者天下皆歸焉仲冬既至周禮仲冬斬陽木寒氣凝成外凋內貞瀋液不行左傳猶拾瀋也說文瀋汁也液津液也。瀋音審液音亦乃堅乃良萬工舉斧以入必求諸岩崖之巘傾澗壑之紆縈凌巑岏之杪顛巑岏山銳貌杪說文云木標末也即枝上端。巑徂九切岏五官切杪音眇漱泉源之淦濴淦沱也濴水回貌。淦古南切濴音營根絞怪石不土而植千尋百圍與石同色羅列而伐

◎

者頭抗河漢刃披虹霓聲振連蠻柹塡層谿
柹削木札樸也陳楚謂櫝爲柹音肺古廢切丁丁登登詩曰伐木丁丁。丁
側更切硠硠稜稜說文硠石聲一曰硠硠堅也稜四方木也。硠呂唐切稜
盧登切若兵車之乘淩其響之所應則潰潰漰
漰洶洶薨薨說文洶湧也一曰洶湧水聲。洶許拱切薨呼泓切若鶱
若崩若螭龍之鬬風霆相騰其殊而下若札
巎捎殺巎音夒摧崒坱圠崒山峻貌坱塵也圠山曲也賈誼賦坱圠
無垠。崒作沒非律二切坱烏朗切圠音軋霞披雹裂又似共工
觸不周而天柱折列子湯問篇共工氏與顓頊爭爲帝怒而觸不周之

山折天柱絶地維張湛注不周山在西北之極鶡鸛鵞鶬爾雅鷄三尺為鶡鸛似鶡而巢樹者為白鸛曲頸為黑鸛說文鵞禿鵚也鶬麋鴰也關西呼為鴰鹿山東通謂之鶬。四字音昆灌秋倉號鳴飛翔貙犴虎兕釋文貙劉也似狸能捕獸祭天犴胡地犬也。貙敕俱切犴音岸奔觸讋慄伏無所入遯無所脫然後斷度收羅魯頌是斷是度。斷音短捎危顛芟繫柯乘水潦之波以入于河而流焉盪突硉兀硉兀危石也。硉郎兀切轉騰冒沒頮秦神驅石以梁大海三齊畧記曰秦始皇作石塘欲過海觀日出處于時有神人能驅石下海城陽一山石盡起立嶷嶷東傾狀似相隨而去云石去不速神人輒鞭之盡流血石

夫

莫不悉赤至今猶爾抵曲鱗蹙匯流雷解匯水合流音會前者汩越後者迫隘乃下龍門之懸水揖拉顏踏揖敗也拉摧也。揖質涉切拉落合切亦通作摺捽首軒尾說文捽持頭髮也漢貢禹捽草把土。捽昨没切澒入重淵澒大水濛澒也。澒胡動切不知其幾百里也濤波之旋滔山觸天既渟既平彌望悠焉良久乃始昂屹涌溢挺拔而出林立峰崒穿雲蔽日渙然自撓復就行列渾渾而去以至其所唯良工之指顧叢臺阿房六國時趙王故臺在邯鄲城中連聚非一故名叢臺史記秦始皇三十五年營作朝宫渭南上林苑中先作前殿阿房張衡東京賦云趙建叢臺於後注趙武靈王起又云秦政利觜長距乃構阿房○房音旁長樂未央漢宮闕名曰長安有長樂宮未央宮建章昭陽之隆麗詭特武帝太初元年起建章宮在未央宮西昭陽亦殿名皆是之自出若是何如吳子曰吾聞君子患無德不患無土患無土不患無人患無人不患無宮室患無宮室不患材之不已有先生之所陳四累之下也且禠祁既成諸侯叛之左傳昭公八年晉侯方築禠祁之宮至昭十三年晉成禠祁諸侯朝而歸者皆有貳心杜預注禠祁地名在絳西四十里臨汾水○禠音斯字亦作虒祁音巨之切

先生曰河魚之大河當是黃河也上迎濤波秦始皇八年河魚大上輕車重馬東就食羅𡏖津涯一無羅字千里雷馳重馬輕車遂以君命矢而縱觀焉矢陳也左傳隱五年隱公矢魚于棠大呂斷流脩網亘山罩罶罣麗詩蒸然罩罩罩音都教切又詩魚麗于罶注罶曲梁也音力久切張衡西京賦曰設罣麗注云魚網音獨鹿按唐韻罣古賣切又胡卦切皆不說是魚網今上文四物皆是魚網當音獨鹿織袵其間巨舟軒昂仡仡廻環水師更呼聲裂商顏商山名在商州商顏商山之顏見張湯傳於是鼓譟沓集而從之扼龍吭戶郎切拔鯨鰭鯨大魚鰭魚脊上骨○鯨巨京切鰭音耆

戮白黿（黿鼈而大。黿音元）逐毒螭（螭如龍而黃無角。螭曲知切）叱馮夷（清泠傳曰馮夷華陽潼鄉隄首人也服八石得水仙是爲河伯）立水湄。捜攬流離（攬吉巧切）掬縮推移粱會網蹙騰天彌圍掉躃擁踴（說文躃人不能行也踴跳也。躃音壁踴音勇）以登夫歷山之垂（歷山在河東）如川之歸如山之摧（摧一作崔亦音摧）如雲之披其有乘化會神振拔漣淪（水成紋曰漣小波爲淪。漣音連淪音倫）擿奇文（擿丑如切）出怪鱗騰飛濤而上逸生電雷於龍門者猶仰綸飛繳（繳生絲縷音灼亦作繁）蝢踏而取之（踏一作踣）莫不脫角裂翼呀嚇匍訇、呀張口嚇怒也亦云口拒人。○呀虛加切嚇音赫復就𧄝切𧄝力究切莫保龍籍具糅五味糅雜也女救切具一作甘布列雕俎風雲失勢沮散遠去若夫魦鰽鮪鯉鰋魦音沙鰽音嘗鮪音洧鯉音里鰋音偃鱧鱧鮪鱮之瑣屑蔑裂者音禮魴音防鱮音敘上聲義並見設漁者對智伯注鰽一作鯔音緇夫固不足悉數漏脫紘目養之水府而三河之人則已填溢饜飫腥膏舄鹵闐鱠炙之美則掩鼻蹙頞阿葛切賤甚糞土而莫顧者也若是何如吳子曰一時之觀不足以夸後世口舌之味不

足以利百姓姑欲聞其上者
先生曰猗氏之鹽猗氏縣屬河中猗氏之鹽即河中兩池也○猗於宜切晉寶之大者也人之賴之與穀同化若神造非人力之功也但至其所則見溝塍畦畹之交錯輪囷說文云塍稻中畦又云田五十畝曰畦三十畝曰畹○塍音承畹音宛若稼若圖敞兮匀匀渙兮鱗鱗邐瀰紛屬邐力紙切瀰音彌不知其垠俄然決源釃流釃山宜切又所綺切交灌互澍互差互也澍說文澍生萬物互音護字一作牙澍音注又音樹若枝若股委屈延布屈一作曲脉寫膏浸潗濕

徒見

滑汩拾潗水貌滑利也。潗即入切滑戶入切汩音骨又越筆切瀰高掩
瘅與卑通漫壠冐塊○壠田中高處漫平聲決決泼泼遠
近混會抵值堤防瀴瀛霈濊瀴溟水絕遠貌濊水聲或曰礙
流也。瀴伊盈切薉呼括切偃然成淵漭然成川沆漭大水貌○
漭音莽觀之者浩浩之水而莫知其以及神液
陰漉音鹿卄鹵寥起鹵鹹水孕靈富媪漢禮樂志后土富媪
女老稱也坤爲毋故稱媪○媪烏皓切不愛其実禮記地不愛其寶無
聲無形熛結迅詭說文熛火飛也卑遙切迴眸一瞬積
雪百里皛皛羃羃皛明也胡了胡灼二切羃音覓一作幕幕奮僨

離析（僨僵也方問切）鍛圭椎璧（鍛小治圭璧皆言盬之狀○鍛丁貫切椎音槌）眩轉的皪（眩音縣）作似殞星及地明滅相射（滅一作激）冰裂電碎龍從增益（龍從山貌子雲上林賦上格孔下子孔切）大者印纍（漢書印何纍纍）小者珠剖涌者如坻（坻水渚音墀又典禮切）坳者如缶日晶熠煜（晶日精熠羊入切煜熠燿也音育）熒駭電走亘步盈車方尺數斗於是裒斂合集（裒薄侯切）舉而堆之皓皓乎懸圃之巍巍（懸圃在崑崙上○巍音危）皦乎滺乎狂山太白之淋漓（皦白也滺大水貌太白山名在扶風○皦古了切滺弋浩切）駭化變之神奇卒

不可推也然後驢鸁牛馬之運（鸁與騾同）西出秦隴南過樊鄧（樊即樊城縣今襄州臨漢縣也鄧即鄧州也）北極燕代東逾周宋家獲作鹹之利（書潤下作鹹）人被六氣之用和鈞兵食以征以貢（徂稅也）其賚天下也（賚利也）與海分功（與海鹽分功也）可謂有濟矣若是何如吳子曰魏絳之言曰近寶則公室乃貧（左傳成七年晉人謀去故絳諸大夫皆曰必居郇瑕氏之地國饒而近鹽韓獻子曰山澤林鹽國之寶也近寶公室乃貧說文鹽河東鹽池袤五十一里廣七里周摠百一十六里）豈謂是耶雖然此可以利民矣而未爲民利

也先生曰願聞民利吳子曰安其常而得所欲服其教而便於巳百貨通行而不知所自來老幼親戚相保而無德之者不苦兵刑不疾賦力所謂民利民自利者是也

先生曰文公之霸也援秦破楚囊括齊宋賈生過秦論曰囊括四海括結囊也曹衛解裂左傳僖二十七年楚子及諸侯圍宋晉文公公率齊秦救之狐突曰楚始得曹而新婚于衛若伐曹衛楚必救之則齊宋免矣文公於是分曹衛之田以畀宋魯鄭震慹僖三十年晉侯圍鄭以其無禮於晉定周于溫僖二十四年周襄王辟昭叔之難居于鄭地二十五年文公取昭叔

于溫殺之于隰城逆王于鄭四月王入于王城
奉冊受錫夾輔糾逖
以爲侯伯
二十八年王命尹氏策命晉侯爲侯伯賜之大輅之服戎輅之服彤弓一彤矢百玈弓矢千秬鬯一卣虎賁三百人曰王謂叔父敬服王命以綏四國糾逖王慝
齊盟踐土
僖二十八年五月晉侯齊侯宋公蔡侯鄭伯衛子莒子盟于踐土踐土鄭地
低昂玉帛天子恃焉以有諸侯諸侯恃焉以有其國百姓恃焉以有其妻子而食其力叛者力取附者仁撫推德義立信讓示必行明所譎達禁止一好尚春秋之事
謂朝聘之事也
公侯大夫策文馬
左傳文九年宋人以文馬百乘贖華元于

鄭注云文馬畫馬爲文馳軒車出入環連貫于國都則有五蓮之堂九几之室周禮室中度以几堂上度以筵筵入尺几三尺也大小定位左右有秩腐牢餼饋周禮掌客諸侯之禮上公乘禽日九十雙饔餼九牢諸侯乘禽日七十雙饔餼七牢子男乘禽日五十雙饔餼五牢交錯文質饗有嘉樂左傳定十年孔子曰犧象不出門嘉樂不野合注云嘉樂鐘晉宴有庭實左傳莊二十二年庭實旅百登降好賦謂賦詩以見志犧象畢出犧象皆樽名○犧素何切犒勞贈賄釋文賞勸功曰勞賄貨賄也○勞即到切賄呼罪切率禮無失六卿理兵大戎小戎戎兵車也鍾鼓丁寧左傳宣四年伯棼射

王汰輣及鼓跗著於丁寧注云丁寧鉦也以討不恭車埒萬乘埒侔也音劣卒半天下鼓之則震旆之則畏平丘之會八月辛未治兵建而不旆壬申復旆之諸侯畏之其號令之動若水之源若輪之旋莫不如志當此之時咸能驩娛以奉其上故其民至于今好義而任力此以民力自固假仁義而用天下其遺風尚有遺風尚有存者若是可以爲民利也乎吳子曰近之矣然猶未也彼霸者之爲心也引大利以自繆而摟他人之力以自爲固取孟子摟諸侯以伐

諸侯之意樓音婁而民乃後焉非不知而化不令而一異乎吾嚮之陳者故曰近之矣猶未也

先生曰三河古帝王之更都焉三河河東河南河北道也金河東道之河中府蒲版縣舜所都絳州夏縣禹所都河南道之陳郡伏羲神農所都州一云伏羲又都曲阜黃帝都於鄭州而少昊都於窮桑即今之兖州曲阜縣則又皆隸河南道也而河北道之涿鹿山則黃帝之都耳又曰漢書貨殖傳唐人都河東殷人都河內周人都河南三河王者所更居也而平陽堯之所理也堯都平陽舜都蒲版平陽今之晉州有茅茨采椽土型之度堯舜采椽不刮茅茨不翦飯土塯啜土型土塯飯罷土型羹罷皆以瓦為之○型音刑故其人至

于今儉嗇有温恭克讓之德書曰允恭克讓故其人至于今善讓有師錫僉曰疇咨之道故其人至于今好謀而深有百獸率舞鳳凰來儀於變時雍之美於音烏故其人至于今和而不怒有昌言儆戒之訓儆居引切故其人至于今憂思而畏禍詩此晉也而謂之唐本其風俗憂深思遠有無爲不言垂衣裳之化易繫堯舜垂衣裳而天下治晏本去裳字故其人至于今恬以愉此堯之遺風也願以聞於子何如

吴子離席而立拱而言曰美矣善矣其茂有

易

有加矣此固吾之所欲聞也一有凡字夫儉則人用足而不淫讓則遵分而進善其道不闕分謂分守也○分扶問切謀則通於遠而周於事和則仁之質戒則義之實恬以愉則安而久於其道也至乎哉

今主上方致太平動以堯爲準先生之言道之與者若果有貢於上則吾知其易焉也禮記吾觀於鄉知王道之易易也舉晉國之風以一諸天下如斯而已矣敬再拜受賜

荅問

公貞元元年九月自監察御史坐王叔文黨黜爲邵州刺史十一月改永州司馬當是到永後作

有問柳先生者曰先生貌類學古者然遭有道不能奮厥志獨被罪辜廢斥伏匿交遊解散羞與爲戚生平嚮慕毀書滅跡他人有惡指誘增益身居下流爲謗藪澤罵先生者不忌陵先生者無謫過揖目動聞言心惕時行草野不知何適獨何劣耶觀今之賢智莫不舒翹揚英翹高也推類援朋疊足天庭魁壘恢

張漢書鮑宣傳朝臣無有大儒魁壘之士魁壘壯貌○魁口賄切壘音磊張一作能羣驅連行奇謀高論左右抗聲出入翕忽擁門塡扃一言出口流光垂榮豈非偉耶先生雖讀古人書自謂知理道識事機而其施爲若是其悖也狼狽擠僇狼音郎狽音貝僇音戮何以自表於今之世乎先生荅曰敬聞命然客言僕知理道識事機過矣僕懵夫屈伸去就懵不明也毋亘切又莫紅目揔二切觸罪受辱幸得聯支體完肌膚猶食人之食衣人之衣二衣字上去聲下如字用人之

貧無耕織居販然而活給羞媿恐慄之不暇今客又推當世賢智以深致誚責（誚才肖切）吾縲囚也（論語注縲黑索也倫追切）遁山林入江海無路其何以容吾軀乎願客少假聲氣使得詳其心次其論客曰何取先生曰僕少嘗學問不根師說心信古書以爲凡事皆易不折之以當世急務徒知開口而言閉目而息挺而行躓而伏（躓路也音致與疐通）不窮喜怒不寃曲直衝羅陷穽不知顛踣（蒲北切）愚惷狂悖若是甚矣又何以

恭客之教而承厚德哉今之世工拙不欺賢不肖明白其顯進者語其德則皆茫洋深閎端貞鯁亮苞弁涵養與道俱往而僕乃蹇淺窄僻跳浮嘍嘈嘍集韻胡陌切大呼也又嘍嘈多言也唐韻嘍嘈大喚也嘈子夜切嘆聲也又側伯切大聲也抵瑕陷厄固不足以趑趄批捩而追其跡趑趄行不進貌○趑千咨切趄千余切批蒲結切捩力結切擘其理則皆謨明淵沉剖微窮深剖普后切劈析是非劈音僻校度古今而僕乃緘鉗默塞鉗其廉切耗眊窒惑眊目少精也音冒抉異探怪抉挑也起幽

作匿攸攸恤恤（左傳昭十二年恤恤乎湫乎攸乎涯攸懸危貌恤憂患也）卒自骫賊（骫與禍同）固不足以睢盱激昂而效其則（睢仰目盱張目○睢翾規切盱匈于切）言其學則皆摠攬羅絡横竪雜博（竪立也音樹）天旋地縮鬼神交錯而僕乃單庸撇莩（撇匹茂切正作撆擊也）離蹝空虛竊聽道塗顓嚚蒙愚（顓與專同）不知所如固不足以抗顏揺舌而與之俱稱其文則皆汗漫輝煌呼嘘陰陽（嘘一作翕）轇轕三光（轇轕長遠貌一曰雜亂也○二字音交葛）陶鎔帝皇而僕乃朴鄙艱澁培塿潗湁（博雅培塿

(冢也左傳襄二十四年云部婁無松栢即培塿也而字不從土說文㶟湁水貌○培薄口切塿郎口切㶟子入切七立切湁丑入切培字或作㟝)毫聯縷緝塵出坱入(坱於朗切)固不足以攄摛踊躍而涉其級茲四者懸判雖庸童小女皆知其不及而又褒以罪惡纆以羈縶(上居宜切下陟立切)客從而擠之(擠排也牋西子計二切)不亦忍乎且夫白義騄耳之得康莊也(列子周穆王命駕八駿之乘左服驊騮而右綠耳右驂赤驥而左白義釋言云五達謂之康六達謂之莊康莊大道也義字晏本作羲史記作犧)逐奔星先飄風而跛驢不出泥滓黃鐘元間之登清廟

松

也國語有六間元間大呂二間夾鍾三間中呂四間林鍾五間南呂六間夾鍾鏗
天地動神祇而鳴鳴咬哇史記李斯曰擊甕叩缻彈箏搏髀而
歌呼嗚嗚眞秦之聲也嗚嗚當是秦曲名咬哇邪聲○咬五巧切哇於佳切又烏瓜切
不入里耳莊子大聲不入於里耳西子毛嬙之蹈後宮
也西子西施越女莊子曰毛嬙麗姬人之所美也毛嬙蓋越王嬖姬皦朝日
煥浮雲而鹽逐於鄉里列女傳無鹽齊女蛟龍之騰
於天淵也彌六合澤萬物而蝦與蛭不離尺
水蛭水虫音質卓詭倜儻之士之遇明世也倜他歷切
儻他黨切不羈也用智能顯功烈而麼耿連蹇麼細也目

果切連盧蹇切顛頓披靡固其所也客又何怪哉且夫一涉險阨懲而不再者烈士之志也知其不可而速已者君子之事也吾將竊取之以沒吾世不亦可乎乃歌曰堯舜之修兮禹益之憂兮能者任而愚者休兮躚躚蓬藋躚躚相得貌藋釋云菫草○躚音仙藋徒弔切樂吾囚兮吾一作夫文墨之彬彬音邠一本作申申足以舒吾愁兮已乎已乎曷之求乎客乃笑而去

起廢荅亦永州末召時作

柳先生既會州刺史即治事還遊于愚溪之上溪上聚黧老壯齒黧黑而黄色音黎十有一人謖足以進謖起也山六切列植以慶莊子壞植散羣植行列也音值卒事相顧加進而言曰今茲是州起廢者二焉先生其聞而知之歟荅曰誰也曰東祠躄浮圖說文躄人不能行也○躄於益切亦作躃中廄病顙之駒廄馬舍音究顙寫曩切駒音拘曰若是何哉曰凡爲浮圖道者都邑之會必有師師善爲律以敎戒始學者與女釋者甚尊嚴且優游躄浮圖有師道少而

病躄日愈以劇居東祠十年扶服輿曳（扶服與匍匐同）未嘗及人側匿愧恐殊甚（一無殊字）今年他有師道者悉以故去始學者與女釋者倀倀無所師（倀倀無見貌音丑良切又獨立也音棖）遂相與出躄浮圖以爲師盥濯之（盥濯澡也盥古緩切古玩切）扶持之壯者執輿幼者前驅被以其衣導以其旗怵惕疾視引且翼之（詩以引以翼）躄浮圖不得已凡師數百生（一本作人又作人生）一日饋飲食時獻巾帨洋洋也舉莫敢踰其制中廞病顡之駒顡之病亦

以御史

且十年色玄不厖無異技硜然大耳硜苦東戶宋二切然以其病不得齒他馬食斥棄異皁恒少食屛立擯辱掣頓異甚掣尺制尺列二切垂首披耳懸涎屬地凢廐之馬無肯為伍會今刺史中丞來蒞吾邦貞元九年御史中丞崔公來蒞永州屛棄羣駟舟以泝江將至無以為乘廐人咸曰病顙駒大而不厖可秣飾焉他馬巴僰痺狹巴僰地名僰蒲冨切無可當吾刺史者於是衆牽駒上燥土大廡下廡堂下周屋音武薦之席縻之絲浴剔蚤鬋禮記

乘髦馬不蚤鬋蚤謂除爪也鬋謂翦鬣也蚤音爪鬋子淺切莊子爲天子之諸御不爪剪
刮惡除洟刮古剎切茥以雕胡茥斬芻也雕胡草名菰也○茥音挫
秣以香萁萁豆莖○秣音末萁音基錯貝鱗纕纕馬腹帶音襄鑿
金文羈絡以和鈴左傳鍚鸞和鈴昭其聲也注和在衡鈴在旂纓
以朱綏綏纓也儒佳切纓音嬰或膏其鬣音獵或劘其騅
劘削也音摩平聲騅尻也音誰御夫盡飾然後敢持除道履
石立之水涯音沂幢旟前羅說文幢旌旗屬周禮鳥隼爲旟○幢
傳江切旟音輿杠蓋後隨杠旗竿音江千夫翼衛當道上
馳抗首出臆音億震奮遨嬉遨音敖當是時若有

知也豈不曰宜乎先生曰是則然矣叟將何
以教我黨老進曰今先生來吾州亦十年公永貞元年十一月自邵州刺史改永州司馬明年即改元元和留永既久至元和十年正月方召至京足軼疾風軼車相過也○軼徒結切又音逸鼻知膻香膻尸連切與羶同腹溢儒書口盈憲章包今統古進
退齊良然而一廢不復曾不若躄足涎顙之
猶有遺也涎口延夕連切朽人不識敢以其惑願質
之先生先生笑且答曰叟過矣彼之病病乎
足與顙也吾之病病乎德也又彼之遭遭其

無耳今朝廷洎四方豪傑林立謀猷川行羣談角智列坐爭英披華發輝揮喝雷霆老者育德少者馳聲丱角羈貫（丱束髮也古患切）排厠鱗征一位暫缺百事交弁駢倚懸足（駢蒲眠切）曾不得逞（丑郢切）不若是州之釋師大馬也而吾以德病伏焉豈躄足涎顙之可望哉叟之言過昭昭矣無重吾罪於是黧老壯齒相視以喜且吁曰諭之矣拱揖而旋爲先生病焉

河東先生集卷第十五

東吳郭雲
鵬校壽梓

河東先生集卷第十六

說

天說

韓文公登華而哭有悲絲泣岐之意惟沈顔能知之今其言曰人能賊元氣陰陽而殘人者則有功盖有激而云柳子因而爲之說謂天地元氣陰陽不能賞功而罰惡要其歸欲以仁義自信其說當矣然曰天不能賞罰善惡者何自而勸沮乎韓文公曰今之言性者雜佛老而言正爲柳子設也劉禹錫云子厚作天說以折退之之言非所以盡天人之際故作天論三篇以極其辯然公繼與禹錫書云凡子之論乃吾天說注疏耳禹錫天

論今附此後

韓愈謂栁子曰若知天之説乎吾爲子言天之説今夫人有疾痛倦辱饑寒甚者因仰而呼天曰殘民者昌佑民者殃又仰而呼天曰何爲使至此極戾也若是者舉不能知天夫果蓏按許慎説文在木曰果在地曰蓏張晏云有核曰果無核曰蓏應劭云木實曰果草實曰蓏又一説云有殼曰果無殼曰蓏○蓏魯果切飲食既壞蟲生之人之血氣敗逆壅底爲癰瘍疣贅瘻痔説文癰腫也瘍頭瘡贅謂贅肉瘻頸腫一曰久創痔後病也○癰音邕瘍音陽疣音尤贅朱芮

切瘻音漏痔文里切蟲生之木朽而蝎中蝎音曷木中虫非螫毒音
歇者草腐而螢飛也腐爛是豈不以壞而後出耶
物壞蟲由之生元氣陰陽之壞人由之生蟲
之生而物益壞食齧之齧倪結切攻穴之蟲之禍
物也滋甚其有能去之者有功於物者也繁
而息之者物之讐也人之壞元氣陰陽也亦
滋甚墾原田墾耕治也音懇伐山林鑿泉以井飲竅
墓以送死竅空也音款而又穴為偃溲偃溷也溺謂之溲音
蒐○偃一作匽築為牆垣城郭臺榭觀游疏為川瀆

溝洫陂池燧木以燔燔爇也音煩燧音遂革金以鎔陶
甄琢磨甄居延切悴然使天地萬物不得其情悴情
醉切倖倖衝衝倖音幸攻殘敗撓而未嘗息其爲
禍元氣陰陽也不甚於蟲之所爲乎吾意有
能殘斯人使日薄歲削禍元氣陰陽者滋少
是則有功於天地者也繁而息之者天地之
讎也今夫人舉不能知天人下一有之字故爲是呼
且怨也吾意天聞其呼且怨則有功者受賞
必大矣其禍焉者受罰亦大矣子以吾言爲

何如柳子曰子誠有激而爲是耶則信辯且美矣吾能終其說彼上而玄者世謂之天下而黄者世謂之地渾然而中處者世謂之元氣寒而暑者世謂之陰陽是雖大無異果蓏癰痔草木也假而有能去其攻穴者是物也其能有報乎蕃而息之者其能有怒乎天地大果蓏也元氣大癰痔也陰陽大草木也其烏能賞功而罰禍乎功者自功禍者自禍欲望其賞罰者大謬呼而怨欲望其哀且仁者

愈大謬矣子而信子之仁義以遊其內生而死爾烏置存亡得喪於果蓏癰痔草木耶

天論上

劉禹錫

世之言天者二道焉拘於昭昭者則曰天與人實影響禍必以罪降福必以善徠窮阨而呼必可聞隱痛而祈必可答如有物的然以宰者故陰隲之說騰焉泥於冥冥者則曰天與人實剌異霆震于畜木未嘗在罪春滋乎堇荼未嘗擇善跖蹻焉而遂

孔顏焉而厄是茫乎無有宰者故自然之說勝焉余之友河東解人柳子厚作天說以折韓退之之言文信美矣蓋有激而云非所以盡天人之際故余作天論以極其辯云大凡入形器者皆有能有不能天有形之大者也人動物之尤者也天之能人固不能也人之能天亦有所不能也故余曰天與人交相勝耳其說曰天之道在生植其用在強弱人之道在法制其用在是

非陽而阜生陰而肅殺水火傷物木堅金利壯而武健老而耗眊氣雄相君力雄相長天之能也陽而蓺樹陰而揫斂防害用濡禁焚用光斬材窾堅液礦硎鋩義制強訐禮分長幼右賢尚功建極閑邪人之能也人能勝乎天者法也法大行則是爲公是非爲公非天下之人蹈道必賞違之必罰當其賞雖三旌之貴萬鍾之祿處之咸曰宜何也爲善而然也當其罰雖族屬之

夷刀鋸之慘處之咸曰宜何也爲惡而然也故其人曰天何預乃事耶唯告虔報本肆類授時之禮曰天而已矣福兮可以善取禍兮可以惡召奚預乎天耶法小弛則是非駁賞不必盡善罰不必盡惡或賢而尊顯時以不肖參焉或過而僇辱時以不辜參焉故其人曰彼宜然而信然理也彼不當然而固然豈理耶天也福或可以詐取而禍或可以苟免人道駁故天命之說

亦駮焉法大弛則是非易位賞恒在佞而罰恒在直義不足以制其強刑不足以勝其非人之能勝天之具盡喪矣夫實已喪而名徒存彼昧者方挈挈然提無實之名欲抗乎言天者斯數窮矣故曰天之所能者生萬物也人之所能者治萬物也法大行則其人曰天何預人邪我蹈道而已法大弛則其人曰道竟何爲邪任人而已法小弛則天人之論駮焉今以一已之窮通

而欲質天之有無惑矣余曰天恒執其所能以臨乎下非有預乎治亂云爾人恒執其所能以仰乎天非有預乎寒暑云爾生乎治者人道明咸知其所自故德與怨不歸乎天生乎亂者人道昧不可知故由人者舉歸乎天非天預乎人爾

天論中

劉禹錫

或曰子之言天與人交相勝其理微庸使戶曉盍取諸譬焉劉子曰若知旅乎夫旅

者群適乎莽蒼求休乎茂木飲乎水泉必
強有力者先焉否則雖聖且賢莫能競也
斯非天勝乎群次乎邑郛求蔭于華榱飽
于籩牢必聖且賢者先焉否則強有力莫
能競也斯非人勝乎苟道乎虞芮雖莽蒼
猶郛邑然苟由乎匡宋雖郛邑猶莽蒼然
是一日之途天與人交相勝矣吾固曰是
非存焉雖在野人理勝也是非亡焉雖在
邦天理勝也然則天非務勝乎人者也何

哉人不幸則歸乎天也人誠務勝乎天者也何哉天無私故人可務乎勝也吾於一日之途而明乎天人取諸近也已或者曰若是則天之不相預乎人也信矣古之人曷引天爲答曰若知操舟乎夫舟行乎濰淄伊洛者疾徐存乎人次舍存乎人風之怒號不能鼓爲濤也流之泝洄不能峭爲魁也適有迅而安亦人也適有覆而膠亦人也舟中之人未嘗有言天者何哉理明

故也彼行乎江漢淮海者疾徐不可得而知也次舍不可得而必也鳴條之風可以沃日車蓋之雲可以見怪恬然濟亦天也黯然沉亦天也阽危而僅存亦天也舟中之人未嘗有言人者何哉理昧故也問者曰吾見其駢焉而濟者風水等耳而有沉有不沉非天曷司歟答曰水與舟二物也夫物之合并必有數存乎其間焉數存然後勢形乎其間焉一以沉一以濟適當其

數乘其勢耳彼勢之附乎物而生猶影響也本乎徐者其勢緩故人得以曉也本乎疾者其勢遽故難得以曉也彼江海之覆猶伊淄之覆也勢有疾徐故有不曉耳問者曰子之言數存而勢生非天也天果狹於勢邪荅曰天形恒圓而色恒青周回可以度得晝夜可以表候非數之存乎恒高而不卑恒動而不已非勢之乘乎今夫蒼蒼然者一受其形于高大而不能自還於

卑小一乘其勢于動用而不能自休於俄頃又惡能逃乎數而越乎勢耶吾固曰萬物之所以爲無窮者交相勝而已矣還相用而已矣天與人萬物之尤者耳問曰天果以有形而不能逃乎數彼無形者子安所寓其數邪荅曰若所謂無形者非空乎空者形之希微者也爲體也不妨乎物而爲用也恒資乎有必依於物而後形焉今爲室廬而高厚之形藏乎内也爲器用而

規矩之形起乎内也音之作也有大小而響不能踰表之立也有曲直而影不能踰非空之數歟夫目之視非能有光也必因乎日月火炎而後光存焉所謂晦而幽者目有所不能燭耳彼狸狌犬鼠之目庸謂晦爲幽邪吾固曰以目而視得形之粗者也以智而視得形之微者也烏有天地之内有無形者邪古所謂無無形蓋無常形耳必因物而後見耳烏能逃乎數邪

天論下　劉禹錫

或曰古之言天之曆象有宣夜渾天周髀之書言天之高遠卓詭有鄒子今子之言有自乎答曰吾非斯人之徒也大凡入乎數者由小而推大必合由人而推天亦合以理揆之萬物一貫也今夫人之有顏目耳鼻齒毛頤口百骸之粹美者也然而其本在乎腎腸心腹天之有三光懸寓萬象之神明者也然而其本在乎山川五行濁

中尚作寫

爲清毋重爲輕始兩位既儀還相爲庸嘘
爲雨露噫爲雷風乘氣而生羣分彙從植
類曰生動類曰蟲倮蟲之長爲智最大能
執人理與天交勝用天之利立人之紀紀
綱或壞復歸其始堯舜之書首曰稽古不
曰稽天幽厲之詩首曰上帝不言人事在
舜之廷元凱舉焉曰舜用之不曰天授在
殷中宗襲亂而興心知說賢乃曰帝賚堯
民知餘難以神誣商俗以訛引天而毆由

是而言天預人乎

鶻說

唐之中世酷吏羅織姦臣擅權朋黨相軋者四十年藩鎮跋扈者二百載腥風逆氣瀰漫宇內仁人君子爲之慟哭故巴蜀不臣子矣所以賦杜鵑之詩眷屬虛名白樂天所以有江魚塞鴈之嘆猶或相乳韓吏部喜而序其事以見斯人無慈幼之恩鶻能縱鳥柳子從之而爲之說以見斯人多害物之忍是數子皆有激而云也韓退之誌公墓謂子厚既退無相知有氣力得位者推挽故卒死於窮裔觀公此說必有當途者資子厚之氣力而不知報其篇末意嘿然○鶻胡骨切

有鷙曰鶻者穴于長安薦福浮圖有年矣浮圖之人室宇於其下者伺之甚熟爲余說之曰冬日之夕是鶻也必取鳥之盈握者完而致之以燠其爪掌（燠熱氣乙六切）左右而易之旦則執而上浮圖之跂焉縱之（浮圖之跂塔之最高處○跂丘弭去智二切）延其首以望極其所如往必背而去焉苟東矣則是日也不東逐南北西亦然嗚呼孰謂爪吻毛翮之物而不爲仁義器耶（翮羽莖也下革反）是固無號位爵禄之欲里閭親戚朋友

之愛也出乎鷇卵（鳥子生而須哺曰鷇自食曰雛○鷇古侯切）而知攫食決裂之事爾（攫字下有搏字）一不爲其他凡食類之飢唯旦爲甚今恐而釋之以有報也是不亦卓然有立者乎用其力而愛其死以忘其飢又遠而違之非仁義之道耶恒其道一其志不欺其心斯固世之所難得也余又疾夫今之說曰以煦煦而嘿（煦煦蒸也吁遇況羽匈于三切）徐徐而俯者僉之徒以翹翹而厲炳炳而白者暴之徒今夫梟鵂晦於晝而神於夜（梟不孝鳥）

鵂傳雅云怪鴟也莊子鴟鵂夜撮蚤察毫末而不見丘山○梟堅堯切鵂音休鼠不穴寢廟左傳襄二十三年臧武仲曰夫鼠晝伏夜動不穴於寢廟畏人故也循牆而走左傳僖七年正考父鼎銘曰三命而俯循牆而走是不近於喣喣者耶今夫鶻其立趯然趯跳音逖也其動砉然砉皮骨相離聲莊子砉然嚮然○砉呼虢切其視的然其鳴革然是不近於趐趐者耶由是而觀其所爲則今之說爲未得也孰若鶻者吾願從之毛耶翮耶胡不我施寂寥太清樂以忘飢

祀朝日說公時爲監察御史作禮記玉藻天子玄端而朝日於

東門之外

柳子爲御史主祀事將朝日（唐二分朝日夕月於國城東西各用方色犢　朝音潮下同）其僚問曰古之名曰朝日而已今而曰祀朝日何也余曰古之記者則朝拜之云也今而加祀焉者則朝旦之云也（朝音昭）今之所云非也問者曰以夕而偶諸朝或者今之是乎余曰夕之名則朝拜之偶也古者旦見曰朝暮見曰夕故詩曰邦君諸侯莫肯朝夕（詩雨無正之文）左氏傳曰百官承事朝而不夕

禮記曰日入而夕又曰朝不廢朝暮不廢夕

晉侯將殺豎襄叔向夕國語平公射鴳不死使豎襄搏之失公怒將殺之叔向聞之夕以諫平公乃趣赦之注豎內豎襄名也聞之夕謂夕至於朝也

楚子之留乾谿右尹子革夕昭十二年楚子次于乾谿祈父從右尹子革夕王見之注子革鄭丹夕莫見也

齊之亂子我夕史記齊簡公四年初簡公與父陽生之在魯也闞止有寵及即位使為政田成子僤之御鞅言諸簡公曰田闞不可並也君其擇焉弗聽子我夕注聞止于我也夕省事也

趙文子礱其椽張老夕國語趙文子為室斲其椽而礱之張老夕焉而見之礱盧紅切

智襄子為室美士茁夕國語襄子為室美士茁夕焉注襄子襄子智伯

瑶也士茁智伯家臣茁反滑切皆暮見也漢儀夕則兩郎向瑣闈拜謂之夕郎亦出是名也漢官儀故事黃門郎每日暮青瑣門拜故謂之夕郎盖即今之給事中云故曰大采朝日小采夕月周禮王搢大圭執鎮圭繅藉五采五就以朝日則大采謂此朝日以五采則夕月以三采可知魯語天子大采朝日與三公九卿之相識地德小采夕月與太史司載糾虔天刑又曰春朝朝日秋夕夕月若是其類足矣一無其類字又加祀焉盖不學者爲之也僚曰欲子之書其説吾將施于世可乎余從之

捕蛇者説公謫永州時作謂當時賦斂毒民其烈如是苛政猛

於虎孔子過泰山之言也泰山屬於魯是時魯之政可謂苛矣毒賦甚於蛇柳子在零陵之言也唐都長安零陵相去三千五百里見唐賦所及者遠也是時唐之賦可謂毒矣

永州之野產異蛇黑質而白章白章謂白文也觸草木盡死以齧人無禦之者然得而腊之腊謂乾之以爲餌可以已大風攣踠瘻癘踠曲脚也足疾也瘻頸腫也一曰夊創癘疫癘也〇攣閭緣切踠音宛又於遠切瘻音漏癘音厲去死肌殺三蟲其始大醫以王命聚之歲賦其二募有能捕之者當其租入永之人爭奔走焉有

蔣氏者專其利三世矣問之則曰吾祖死於是吾父死於是今吾嗣爲之十二年幾死者數矣言之貌若甚感者余悲之且曰若毒之乎（若汝也）余將告于蒞事者更若役復若賦則何如蔣氏大戚汪然出涕（汪然涕貌）曰君將哀而生之乎則吾斯役之不幸未若復吾賦不幸之甚也嚮吾不爲斯役則久已病矣自吾氏三世居是鄉積於今六十歲矣而鄉鄰之生日蹙殫其地之出（殫盡也音單）竭其廬之入號呼

而轉徙飢渴而頓踣僵也音匐觸風雨犯寒暑呼
噓毒癘往往而死者相藉也藉但夜切曩與吾祖
居者今其室十無一焉與吾父居者今其室
十無二三焉與吾居十二年者今其室十無
四五焉非死而徙爾而吾以捕蛇獨存悍吏
之來吾鄉悍音旱叫囂乎東西囂虛嬌切一音敖隳突
乎南北突他没切譁然而駭者譁音華駭下揩切雖雞狗
不得寧焉吾恂恂而起恂音荀視其缶而吾蛇
尚存則弛然而臥弛施氏反謹食之食音嗣時而獻

焉退而甘食其土之有以盡吾齒蓋一歲之犯死者二焉其餘則熙熙而樂豈若吾鄉鄰之旦旦有是哉今雖死乎此比吾鄉鄰之死則已後矣又安敢毒耶余聞而愈悲孔子曰苛政猛於虎也（孔子過泰山側有婦人哭於墓而哀夫子式而聽之使子貢問之曰子之哭也一似重有憂者而曰然昔者吾舅死於虎吾夫又死焉今吾子又死焉夫子曰何爲不去也曰無苛政夫子曰小子識之苛政猛於虎也）吾嘗疑乎是今以蔣氏觀之猶信嗚呼孰知賦斂之毒有甚是蛇者乎故爲之說以俟夫觀人風者

得焉

䄍說子貢觀蜡歎一國之人皆狂孔子以文武弛張之道辭而闢之言若可已而不可已也子厚蜡說謂名存實隱欲舉而去之是豈知孔子意乎且其說曰水旱蟲蝗癘疫可以黜神暴眊沓貪罷弱可以責人要其言欲歸重於人之罰輕神之責是矣然又有致雨反風去蝗與虎者爲出於偶然堯湯水旱非人之罪處人事於不可信又孰不委於天而盡廢人事耶䄍音乍或從虫

柳子爲御史主祀事將䄍䄍祭名也夏曰嘉平殷曰清祀周曰大蜡漢曰臘禮記曰䄍者索也歲十二月合聚萬物而索饗之也進有司以

問禬之說則曰合百神於南郊以爲歲報者也先有事必質于戶部戶部之詞曰旱于某水于某蟲蝗于某癘疫于某則黜其方守之神不及以祭唐制禬祭凡一百八十七坐方當年穀不登則闕其祀余嘗學禮蓋思而得之則曰順成之方其禬乃通禮記八蜡以記四方四方年不順成八蜡不通以謹民財也順成之方其蜡乃通以移民也鄭注云其方穀不熟則不通於蜡焉若是古矣繼而歎曰神之貌乎吾不可得而見也祭之饗乎吾不可得而知也是其誕漫惝怳誕音但慢莫官切又莫半切惝

齒兩切恍許兩切儆恍驚貌冥冥焉不可執取者夫聖人爲心也一無心也字必有道而已矣非于神也蓋于人也以其誕漫儆恍冥冥焉不可執取而猶誅削若此況其貌言動作之塊然者乎是設乎彼而戒乎此者也其盲大矣或曰若子之言則旱乎水乎蝨蝗乎癘疫乎未有黜其吏者而神黜焉而曰蓋于人者何也予曰若子之云旱乎水乎蝨蝗乎癘疫乎一無上十字豈人之爲耶故其黜在神暴乎眊乎沓貪乎罷

弱乎罷音疲下同非神之爲耶故其罰在人今夫在人之道則吾不知也不明斯之道而存乎古之數其名則存其教之實則隱以爲非聖人之意故歎而云也曰然則致雨反風金縢周公居東天大雷電以風王出郊天乃雨反風禾則盡起蝗不爲災虎負子而趨劉昆爲弘農守崤黽多虎災昆爲政三年虎皆負子渡河宋均爲九江守郡多虎均下令去其檻穽後傳虎相與渡河又山陽楚沛多蝗其飛至水江界者輒東西散去是非人之爲則何以余曰子欲知其以乎所謂偶然者信矣必若人之爲則十年九潦郎到

切八年七旱者二句莊子秋水之文獨何如人哉其黜之也苟明乎教之道雖去古之數可矣反是則誕謾之說勝而名實之事喪亦足悲乎

乘桴說

韓退之說論語與世之學者大異如子在回何敢死而曰回何敢先子所雅言詩書執禮皆雅言也而曰子所雅言之類皆自出新意不同諸子而每求異亦失之鑿柳子於論語其語不多異而乘桴一說蓋出於諸儒言意之外非聖心之決然者是知韓柳二家皆不免穿鑿之弊○桴芳無切

子曰道不行乘桴浮于海桴編竹木以渡大者曰筏小者曰桴

從我者其由歟子路聞之喜子曰由也好勇
過我無所取材說曰海與桴與材皆喻也海
者聖人至道之本所以浩然而遊息者也桴
者所以遊息之具也材者所以爲桴者也易
曰復其見天地之心乎則天地之心者聖人
之海也復者聖人之桴也所以復者桴之材
也孔子自以極生人之道極一作拯不得行乎其
時將復於至道而遊息焉謂由也勇於聞義
果於避世故許其從之也其終曰無所取材

云者言子路徒勇於聞義果於避世而未得所以爲復也此以退子路兼人之氣而明復之難耳然則有其材以爲其桴（一作以爲桴無其字）而遊息於海其聖人乎子謂顏淵曰用之則行舍之則藏惟我與爾有是夫由是而言以此追庶幾之說（追一作迨）則回近得矣而曰其由也歟者當是歎也回死矣夫或問曰子必聖人之云爾乎曰吾何敢以廣異聞且使遯世者得吾言以爲學其於無悶也捷焉而已矣（一捷

作捷

說車贈楊誨之

誨之楊憑之子也憑自京兆尹貶臨賀尉臨賀在嶺南屬賀州公時在永誨之道永之賀公作是說以送然誨之猶以爲柔外剛中未必不爲常人公反復論辯有二書見于集之別卷

楊誨之將行柳子起而送之門有車過焉指焉而告之曰若知是之所以任重而行於世乎材良而器攻圓其外而方其中然也材而不良則速壞工之爲功也不攻則速敗功牢也

中不方則不能以載外不圓則窒拒而滯方之所謂者箱也箱所以載圓之所謂者輪也匪箱不居匪輪不塗塗謂行於塗吾子其務法焉者乎曰然曰是一車之說也非衆車之說也吾將告子乎衆車之說澤而杼山而侔考工記九爲輪行澤欲杼行山欲侔侔注杼謂削薄其踐地者侔上下等○杼直呂切上而輕下而軒且曳詩戎車既安如軒如輊輊俯也軒仰也且曳字本易曳其輪○輊音致祥而曠左禮記祥車曠左注葬之乘車也華而長轂以戟華謂華車左氏曰長轂九百注長轂戎車也○轂音穀巢焉而以望兵高車加

巢以望敵也成十六年左傳楚子登巢車以望晉師○巢本作轈省作巢安以愛
老安安車也禮記大夫七十而致仕乘安車自稱曰老夫漢書孝武帝以安車迎枚乘
輜以蔽內輜說文云輧車前衣車後也字林載衣物車前後皆蔽若今庫車○
輜音菑垂綏而畋禮記武車綏旌○綏宣佳切載十二旒而
以廟以郊以陳于庭周官巾車王之五路一曰玉路建太常十有二
旒以祀旒音流○其類衆也然而其要存乎材良而
器攻圓其外而方其中也是故任而安之者
箱箱大車之箱也詩疏車內容物之處爲箱達而行之者輪恒中
者軸音逐掮而固者蚤掮戟持也蚤當爲爪考工記注謂輻入牙中者

攣作[illegible]

也○挶音扃玉切蚤音爪拘長而撓進不罪乎馬退不罪
乎人者轅考工記大車之轅摯其登又難既克其登其覆車也必易此無故惟
轅直且無撓也轅音袁却暑著與雨者蓋考工記輪人為蓋注蓋主為雨
設也敬而可伏者軾軾車前橫板起者也音式隆服而制者
馬若牛然後衆車之用具今楊氏仁義之林
也其産材良誨之學古道爲古辭冲然而有
光其爲工也攻果能愜其量若箱周而通之
若輪守大中以動乎外而不攣乎内若軸攝
之以剛健若蚤引焉而宜御乎物若轅高以

遠乎汚若蓋下以成乎禮若軾險而安易而利動而法則廢乎車之全也詩之言曰四牡騑騑六轡如琴孔氏語曰左爲六官右爲執法此其以達於大政也九人之質不良莫能方且恒質良矣用不周莫能以圓遂孔子於鄉黨恂恂如也遇陽虎必曰諾而其在夾谷也視叱齊侯類蓄狗（魯定公十年會齊侯于夾谷孔子相）不震乎其内後之學孔子者不志於是則吾無望焉耳矣誨之吾戚也長而益良方其中矣吾

固欲其任重而行於世懼圓其外者未至故說車以贈唐世士風澆甚矣其相戒約曰君欲求權須方須圓元次山嫉之欲毀小兒轉圜之器以謂寧方爲皂隸不圓爲公卿柳子說車以贈楊生者盡矣其末篇曰誨之方其中懼圓其外者未至愚謂楊生誠能方其中則其外當濟以圓不害乎時中也使其自得也未至而更以圓教之則不同乎流俗者幾希然則柳子之學或見笑於次山之家

讁龍說當在貶讁後作蓋有激而然者也

扶風馬孺子言年十五六時在澤州與羣兒戲郊亭上頃然有奇女墜地有光曄然曄目動也

光也○曄音葉被緅裘白紋之裏緅帛青赤色將侯切又側鳩切首

步搖之冠步搖冠名言行步則搖自漢時有之貴遊少年駭且

恍之稍狎焉奇女頩爾怒曰楚詞玉色頩以怡頩又博雅云艴頩色也○頩普名切又普冷切不可吾故居鈞天帝宮下

上星辰呼噓陰陽薄蓬萊羞崑崙而不即者

帝以吾心侈大怒而謫來七日當復今吾雖

辱塵土中非若儷也○若汝也儷偶也儷郎計切吾復且

害若衆恐而退遂入居佛寺講室焉及期進

取杯水飲之噓成雲氣五色翛翛也翛翛並音宵

因取裘反之化爲白龍徊翔登天莫知其所終亦怪甚矣嗚呼非其類而狎其謫不可哉孺子不妄人也故記其說

復吳子松說吳子即吳武陵

子之疑木膚有怪文與人之賢不肖壽夭貴賤果氣之寓歟爲物者裁而爲之歟余固以爲寓也子不見夫雲之始作乎敎怒衝涌敎蒲浡切擊石薄木而肆乎空中偃然爲人拳然爲禽獸舒爲林木嵑嶭爲宮室嵑嶭山高貌上苦曷丘葛二切

下魚列牙葛二切嵑或作嶱詎其搏而斵之者斵音卓風出
洞竅流離百物經清觸濁呼召竅穴竅一作覈與
夫草木之儷偶紛羅雕葩剡芒葩披巴切臭朽馨
香采色之赤碧白黃皆寓也無裁而爲之者
一無之字又何獨疑茲膚之奇詭古委切與人之賢
不肖壽夭貴賤參差不齊者哉是固無情不
足窮也然有可恨者人或權褒貶黜陟爲天
子求士者皆學於聖人之道皆又以仁義爲
的皆曰我知人我知人披辭窺貌遂其聲而

瞉其所蹈者以升而降其所升常多蒙瞀禍賊僻邪（瞀目不明也瞀音務又莫候切）罔人以自利者其所降率恒多淸明冲淳（一無恒字）不爲害者彼非無情物也非不欲得其升降也然猶反戾若此逾千百年乃一二人幸不出於此者徵之猶無以爲告今子不是病而木膚之間爲物者有無之疑孑胡橫訊過詰擾擾焉如此哉

羆說（公之爲羆說蓋有所指而言○羆音疲）

鹿畏貙（貙獸名說文貙貙劉也似貍能捕獸祭天○貙敕俱切）貙畏虎虎

畏羆說文羆如熊黃白色羆之狀被髮人立絕有力而甚害人焉楚之南有獵者能吹竹爲百獸之音昔云持弓矢罌火罌瓦缶也音鶯而即之山爲鹿鳴以感其類伺其至發火而射之貙聞其鹿也趨而至其人恐因爲虎而駭之貙走而虎至愈恐則又爲羆虎亦亡去羆聞而求其類至則人也捽搏挽裂而食之說文捽持頭髮也昨没切今夫不善內而恃外者未有不爲羆之食也

觀八駿圖說晉王嘉拾遺記八駿之名一曰絕地二曰翻羽

三曰奔霄四曰越影五曰踰暉六曰超光七曰騰霧八曰挾翼圖必本諸此云

古之書有記周穆王馳八駿升崑崙之墟者列子云周穆王不恤國事不樂臣妾肆意遠遊命駕八駿之乘右服驊騮而左綠耳右驂赤驥而左白羲次車之乘右服渠黃而左踰輪左驂盜驪而右山子馳驅千里至于巨蒐氏之國遂宿崑崙之阿赤水之陽古書記穆王馳八駿者莫此爲詳後之好事者爲之圖宋齊以下傳之下一作來觀其狀甚怪咸若騫若翔若龍鳳麒麟若螳蜋然螳蜋螵蟰冄方言曰譚魯以南謂之蟷蠰三河之間謂之螳蜋其書尤不經世多有

然不足采世聞其駿也因以異形求之則其
言聖人者亦類是矣故傳伏羲曰牛首女媧
曰其形類蛇（帝王世紀伏羲女媧蛇身人首神農人身牛首蝸公蛙切）孔
子如倛頭（荀子云仲尼之狀面如蒙倛頭若蒙倛之頭倛方相也音欺）若
是者甚衆孟子曰何以異於人哉堯舜與人
同耳今夫馬者駕而乘之或一里而汗或十
里而汗或千百里而不汗者視之毛物尾鬣
四足而蹄齕草飲水（齕齧也下沒切）一也推是而至
於駿亦類也今夫人有不足爲負販者有不

◎

足爲吏者有不足爲士大夫者有足爲者視
之圓首横目食穀而飽肉絺而清裘而燠一
也推是而至於聖亦類也然則伏羲氏女媧
氏孔子氏是亦人而已矣驊騮白義（音蟻一本作蟻）
山子之類若果有之是亦馬而已矣又烏得
爲牛爲蛇爲倛頭爲龍鳳麒麟螳蜋然也哉
然而世之慕駿者不求之馬而必是圖之似
故終不能有得於駿也慕聖人者不求之人
而必若牛若蛇若倛頭之問（一作問）故終不能

有得於聖人也誠使天下有是圖者舉而焚之則駿馬與聖人出矣古之聖人有若牛蛇烏喙蒙倛者貌似而心不同不可謂之非人此所以嘆鶴言之爲怪柳子曰慕聖人者不求之人而必若牛若蛇若蒙倛之問終不能有得此所以欲焚八駿之圖文公之於聖人信其有形貌之似而重求其心子厚之於聖人槩之以人而不信其爲禽獸蟲魚之怪二子之意蓋大同而小異

河東先生集卷第十六

東吳郭雲鵬校壽梓

河東先生集卷第十七

傳

宋清傳公此文在謫永州後作蓋諷當時之交遊者不爲之汲引附炎棄寒有愧於清之爲者因託是以諷

宋清長安西部藥市人也居善藥居謂積也有自山澤來者必歸宋清氏清優主之長安醫工得清藥輔其方輒易讎讎賣也音售易音異咸譽清疾病疕瘍者疕卑履切○一本作咸譽清信能瘳病故病者亦皆樂就清求藥冀速已清皆樂然響應雖不持錢者

皆與善藥積券如山未嘗詰取直或不識遥
與券清不爲辭歲終度不能報輒焚券終不
復言市人以其異皆笑之曰清蚩妄人也或
曰清其有道者歟清聞之曰清逐利以活妻
子耳非有道也然謂我蚩妄者亦謬清居藥
四十年所焚券者百數十人或至大官或連
數州受俸博其餽遺清者相屬於戸雖不能
立報而以賒死者千百（賒一作賤）不害清之爲富
也清之取利遠遠故大豈若小市人哉一不

得直則怫然怒（佛拂音）再則罵而仇耳彼之爲利不亦翦翦乎（翦子賤切）吾見蚩之有枉也清誠以是得大利又不爲妄執其道不廢卒以富求者益衆其應益廣或斥棄沉廢親與交視之落然者清不以怠遇其人必與善藥如故一旦復柄用益厚報清其遠取利皆類此吾觀今之交乎人者炎而附寒而棄鮮有能類清之爲者世之言徒曰市道交嗚呼清市人也今之交有能望報如清之遠者乎幸而庶

幾則天下之窮困廢辱得不死亡者衆矣市道交豈可少耶或曰清非市道人也柳先生曰清居市不爲市之道然而居朝廷居官府居庠塾鄉黨以士大夫自名者反爭爲之不已悲夫然則清非獨異於市人也

種樹郭槖駝傳姓郭號槖駝駝馬類背肉似槖故以名之然天下事有可觸類而長者聞解牛得養生聞鑄金得鑄人爲天下之道與牧馬何異牧民之道以牧羊而知槖駝傳宜其有爲而作也○槖音託駝徒何切

郭橐駝不知始何名病瘻（釋文瘻傴疾也○瘻朧主切）隆
然伏行有類橐駝者故鄉人號之駝駝聞之
曰甚善名我固當因捨其名亦自謂橐駝云
其鄉曰豐樂鄉在長安西駝業種樹凡長安
豪富人（豪下一有家字）爲觀游及賣果者皆爭迎取
養視駝所種樹或移徙無不活且碩茂蚤實
以蕃他植者雖窺伺傚慕莫能如也有問之
對曰橐駝非能使木壽且孳也（孳乳化曰孳孳音字又津之
切○一有以字）能順木之天以致其性焉爾凡植木

之性其本欲舒其培欲平其土欲故其築欲密既然已勿動勿慮去不復顧（去一作亦）其蒔也若子（蒔種也音侍）其置也若棄則其天者全而其性得矣故吾不害其長而已非有能碩茂之也不抑耗其實而已非有能蚤而蕃之也他植者則不然根拳而土易其培之也若不過焉則不及（一有焉字）苟有能反是者則又愛之太恩憂之太勤旦視而暮撫已去而復顧甚者爪其膚以驗其生枯搖其本以觀其踈密而

木之性日以離矣雖曰愛之其實害之雖曰
憂之其實讎之故不我若也吾又何能爲哉
哉一作矣哉問者曰以子之道移之官理可乎駝
曰我知種樹而已理非吾業也然吾居鄉見
長人者好煩其令若甚憐焉而卒以禍旦暮
吏來而呼曰官命促爾耕朂爾植朂勉也呼玉切督
爾穫蚤繅而緒繅謂繹繭爲絲○繅蘇曹切蚤織而縷字
而幼孩遂而雞豚鳴鼓而聚之擊木而召之
吾小人輟飧饔以勞吏者且不得暇又何以

蕃吾生而安吾性耶故病且怠若是則與吾業者其亦有類乎問者嘻曰（嘻一作喜）不亦善夫吾問養樹得養人術傳其事以為官戒（一有也字）

童區寄傳（其文曰桂部從事為余言之當在柳州時作也蘇東坡有劉醜廝詩云此可名區寄追配柳之蕘恨我非柳子擊節為爾謠謂此）

柳先生曰越人少恩生男女必以貨視之（必一作以）自毀齒已上（說文男八月齒生八歲而齓女七月齒生七歲而齓齓毀齒也）父兄鬻賣（鬻音育）以覬其利不足則取他室束

縛鉗梏之。鉗者以鐵束之梏手械鉗其廉切梏姑沃切至有鬚鬣者鬣長鬚也音獵力不勝皆屈爲僮當道相賊殺以爲俗幸得壯大則縛取么弱者么小也漢官因以爲已利苟得僮恣所爲不問以是越中戶口滋耗少得自脫惟童區寄以十一歲勝斯亦奇矣桂部從事杜周士周士貞元十七年中進士元和中從事桂管爲余言之童寄者郴州蕘牧兒也行牧且蕘蕘採薪也二豪賊刼持反接布囊其口去逾四十里之虛所賣之南越中謂野市曰墟寄僞兒啼恐慄爲兒恒狀賊易之對飲酒醉一人去爲市一人卧植刃道上童微伺其睡以縛背刃力下上得絶因取刃殺之逃未及遠市者還得童大駭將殺童遽曰爲兩郎僮孰若爲一郎僮耶彼不我恩也郎誠見完與恩無所不可市者良久計曰與其殺是僮孰若賣之與其賣而分孰若吾得專焉（一有然字）幸而殺彼甚善即藏其尸持童抵主人所愈束縛牢甚夜半童自轉以縛即爐火燒絶之雖瘡手勿憚復

取刃殺市者，因大號，一虛皆驚。童曰：「我區氏兒也，不當爲僮。賊二人得我，我幸皆殺之矣。願以聞於官。」虛吏白州，州白大府，大府召視兒，幼愿耳。刺史顔証奇之，（証，杲卿之孫，元和初爲桂管刺史、觀察使。○証，音征，又之刃切。）留爲小吏，不肯；與衣裳，吏護還之鄉。鄉之行劫縛者，側目莫敢過其門，皆曰：是兒少秦武陽二歲，（戰國策：燕太子丹欲以匕首刺秦王，燕國有勇士秦武陽，年十三殺人，人不敢忤視，乃令爲荊軻副而往。史記作舞陽。）而討殺二豪，豈可近耶？

梓人傳（公蓋託物以寓意端爲佐天子相天下進退人才者設也然彼王承福圬者而得傳於韓猶此楊潛梓人而得傳於柳味此傳意大抵出於孟子孟子言爲巨室必使工師求大木是何異於梓人所謂量棟宇之任視木之能否者乎孟子言教玉人彫琢之爲非是何異於梓人所謂由我則固不由我則圮不奪於主人之羣制者乎）

裴封叔之第（名墐公之姊夫）在光德里有梓人款其門願傭隙宇○處焉（說文隙阸塞也當作隙寫轉作隙隙去逆切許注第九卷）所職尋引規矩繩墨（尋八尺引十丈尋引所以度長短也）家

不居礱斲之器礱音聾斲音卓問其能曰吾善度材
視棟宇之制高深圓方短長之宜吾指使而
羣工役焉捨我衆莫能就一宇故食於官府
吾受禄三倍作於私家吾收其直太半焉他
日入其室其牀闕足而不能理曰將求他工
余甚笑之謂其無能而貪禄嗜貨者其後京
兆尹將飾官署余往過焉委羣材會衆工或
執斧斤或執刀鋸皆環立嚮之梓人左持引
右執杖而中處焉量棟宇之任視木之能舉

揮其杖曰斧彼執斧者奔而右顧而指曰鋸彼執鋸者趨而左俄而斤者斲刀者削皆視其色俟其言莫敢自斷者其不勝任者怒而退之亦莫敢慍焉畫宮於堵盈尺而曲盡其制計其毫釐而構大厦無進退焉既成書于上棟（易上棟下宇以避風雨）曰某年某月某日某建則其姓字也凡執用之工不在列余圜視大駭（賈誼傳天下圜視而起注云驚愕也）然後知其術之工大矣繼而歎曰彼將捨其手藝專其心智而能知體

要者歟吾聞勞心者役人勞力者役於人彼其勞心者歟能者用而智者謀彼其智者歟是足爲佐天子相天下法矣物莫近乎此也彼爲天下者本於人其執役者爲徒隸爲鄉師里胥（徒隸給徭役者鄉師一鄉之長里胥一里之長胥謂其有才智爲什長者）其上爲下士又其上爲中士爲上士又其上爲大夫爲卿爲公離而爲六職判而爲百役外薄四海（尚書之文）有方伯連率（王制千里之外設方伯又曰十國以爲連連有帥率與帥同）郡有守邑有宰皆有佐政其

下有胥吏又其下皆有嗇夫版尹（漢制鄉小者置嗇夫一人版尹掌戶版者）以就役焉猶衆工之各有執伎以食力也彼佐天子相天下者舉而加焉指而使焉條其綱紀而盈縮焉齊其法制而整頓焉猶梓人之有規矩繩墨以定制也擇天下之士使稱其職居天下之人使安其業視都知野視野知國視國知天下其遠邇細大可手據其圖而究焉猶梓人畫宮於堵而績于成也能者進而由之使無所德不能者退而

休之亦莫敢愠不衒能衒行且也音縣賣不矜名不親小勞不侵衆官日與天下之英才討論其大經猶梓人之善運衆工而不伐藝也夫然後相道得而萬國理矣相道既得萬國既理天下舉首而望曰吾相之功也後之人循跡而慕曰彼相之才也士或談殷周之理者曰伊傅周召其百執事之勤勞而不得紀焉猶梓人自名其功而執用者不列也大哉相乎通是道者所謂相而已矣其不知體要者反

此以恪勤爲公以簿書爲尊術能矜名親小勞侵衆官竊取六職百役之事听听於府廷（听听然笑也魚隱切）而遺其大者遠者焉所謂不通是道者也猶梓人而不知繩墨之曲直規矩之方圓尋引之短長姑奪衆工之斧斤刀鋸以佐其藝又不能備其工以至敗績用而無所成也不亦謬歟或曰彼主爲室者儻或發其私智牽制梓人之慮奪其世守而道謀是用雖不能成功豈其罪耶亦在任之而已余曰

不然夫繩墨誠陳䂓矩誠設高者不可抑而
下也狹者不可張而廣也由我則固不由我
則圮圮毁也部鄙切彼將樂去固而就圮也則卷其
術默其智悠爾而去不屈吾道是誠良梓人
耳其或嗜其貨利忍而不能捨也喪其制量
屈而不能守也棟撓屋壞則曰非我罪也可
乎哉可乎哉余謂梓人之道類於相故書而
藏之梓人蓋古之審曲面勢者周禮考工記之文今
謂之都料匠云余所遇者楊氏潛其名

李赤傳

赤自謂歌詩類李白而赤其名狂士也其所養可知司馬長卿名相如以名慕藺相如者也不效其全璧之高風而佞諛之辭有藺氏所不爲牛僧孺字思黯以字慕汲黯者也不效其好諫之高節而市人行有汲直所不齒李太白以神仙風姿布衣入翰苑使高力士脫韡眼空四海而李赤惑於妖鬼以世爲溷以溷爲帝居清都白固如是耶

李赤江湖浪人也嘗曰吾善爲歌詩類李白故自號曰李赤游宣州州人館之一本無州人二字其友與俱遊者有姻焉間累日乃從之館赤

方與婦人言其友戲之赤曰是媒我也吾將娶乎是友大駭曰足下妻固無恙太夫人在堂安得有是豈狂易病惑耶易音亦取絳雪餌之赤不肯有間婦人至又與赤言卽取巾經其脰經縊也脰項也音豆赤兩手助之舌盡出其友號而救之婦人解其巾走去赤怒曰汝無道吾將從吾妻汝何爲者赤乃就牖間爲書輾而圓封之卧不圖口目輾音展又左展女箭二切又爲書博封之訖如廁久一有而字其友從之見赤軒廁抱甕詭

笑而側視勢且下入乃倒曳得之又大怒曰吾已升堂面吾妻吾妻之容世固無有堂之飾宏大富麗椒蘭之氣油然而起顧視汝之世猶溷廁也溷胡困切而吾妻之居與帝居鈞天清都史記趙簡子夢遊鈞天廣樂無以異若何苦余至此哉然後其友知赤之所遭乃廁鬼也聚僕謀曰亟去是廁遂行宿三十里夜赤又如廁久從之且復入矣持出洗其汙衆環之以至旦去抵他縣縣之吏方宴赤拜揖跪起無異者

酒行友未及言已飲而顧赤則已去矣走從之赤入厠舉其牀捍門門堅不可入其友叫且言之衆發牆以入赤之面陷不潔者半矣又出洗之縣之吏更召巫師善呪術者守赤赤自若也夜半守者怠皆睡及覺更呼而求之見其足於厠外赤死久矣獨得尸歸其家取其所爲書讀之蓋與其婦訣其言辭猶人也柳先生曰李赤之傳不誣矣是其病心而爲是耶抑固有厠鬼耶赤之名聞江湖間

其始爲士無以異於人也一惑於怪而所爲若是乃反以世爲溷溷爲帝居清都其屬意明白令世皆知笑赤之惑也及至是非取與向背決不爲赤者幾何人耶反修而身無以欲利好惡遷其神而不返則幸矣耳一作又何暇赤之笑哉東坡有李赤詩并題跋見本集

蝜蝂傳

多藏必厚亡財多必害已古人所歎予厚知此其憯王孫則爲其竊食自實也其招海賈則爲其以利易生也腰千金以甘溺所以哀零陵之氓貪重負以至死所以閔蝜蝂之蟲戒之

深矣然規權逐私卒陷黨籍將言之不能行歟抑其及禍而後悔歟又曰𧄍駝善負愈重而後起然工於爲人故獲養而無害負蝂遇物愈貪而不已然無所用故受禍而莫救公之所言蓋指當時用事貪取滋甚者○蝜音負又扶缶切蝂音板

蝜蝂者（蝜蝂爾雅作負版）善負小蟲也行遇物輒持取卬其首負之（卬音昂亦作仰）背愈重雖困劇不止也其背甚澀物積因不散（因一作困）卒躓仆不能起（躓知利切仆音赴又音匐）人或憐之爲去其負苟能行又持取如故又好上高極其力不已至墜地

死今世之嗜取者遇貨不避以厚其室不知爲己累也唯恐其不積及其怠而躓也黜棄之遷徙之亦以病矣苟能起又不艾日思高其位大其禄而貪取滋甚以近於危墜覩前之死亡一本有曾也不知戒雖其形魁然大者也其名人也而智則小蟲也亦足哀夫哀一作悲

曹文洽韋道安傳元闕□曹文洽李義成軍牙將也貞元十六年監軍薛盈珍遣小吏程務挺誣奏節度使姚南仲畀文洽亦奏事長安知之追及務挺於長樂驛中夜殺之沈盈珍

表於厠中自作表雪南仲之冤且首專殺之罪亦作狀白南仲遂自殺明旦門不啓驛吏排之入得表狀於文沿尸旁上聞而異之□又是歲五月庚戌徐州節度使張建封卒壬子軍亂殺判官鄭通誠建封子愔知軍事以抗王命韋道安死之二公傳諸本皆闕然集中有韋道安傳則事必相關豈詩所謂自言故刺史者耶或與道安同救刺史之急者也

河東先生集卷第十七

東吳龍燕
鵬校壽梓

河東集 十八～二十

騷 弔 贊 箴 戒

銘 雜題

共二十

河東先生集卷第十八

騷

乞巧文

荆楚歲時記七夕婦人女子以綵縷穿七孔針陳几筵酒醢瓜果於庭中以乞巧或云見天漢中奕奕白氣有光五色以爲徵應見者得福此乞巧之所自也然公爲此文假是以見其拙於謀已耳鼂无咎取之於變騷而系以辭曰周鼎鑄倕而使吃其指先王以見大巧之不可爲也故子貢教抱甕者爲桔槔用力少而見功多而抱甕者羞之夫鳩不巢拙莫比焉而屈原乃曰雄鳩之鳴逝兮吾猶惡其佻巧原誠傷世涜僞故詆拙以

爲巧意昔之不然者今皆然矣甚之者宗元之作雖亦閔時奔驚要歸諸厚然宗元媿拙矣

柳子夜歸自外庭有設祠者餈餌馨香餈厚粥也諸延切餌仍吏切蔬果交羅插竹垂綏而追切剖瓜犬牙且拜且祈恠而問焉女隷進曰今茲秋孟七夕天女之孫將嬪於河鼓漢天文志云織女天孫女嬪婦也吳均齊記云七月七日織女當渡河暫詣牽牛爾雅云河鼓謂之牽牛邀而祠者幸而與之巧驅去蹇拙手目開利組紝縫製組補縫也紝機縷也上總古切下女鴆切將無滯於心焉爲是

禱也柳子曰苟然歟吾亦有所大拙儻可因是以求去之乃纓弁紝（弁冠也紝衣衿也）促武縮氣旁趨曲折傴僂將事（傴委羽切僂隴主切）再拜稽首稱臣而進曰下土之臣竊聞天孫專巧于天轇轕璇璣（轇轕猶交加也書在璿璣玉衡璣正天文器璇美玉○轇轕音交名）經緯星辰能成文章黼黻帝躬以臨下民欽聖靈仰光耀之日久矣今聞天孫不樂其獨得貞卜於玄龜將蹈石梁款天津（天津九星橫河中主四瀆津梁）儷于神夫（儷伉儷也）于漢之濱兩旗開張中星

耀芒（晉天文志左旗九星在天河鼓左旁右旗亦如之而河鼓居其中）靈氣翕欻（呼勿切）茲辰之良幸而弭節（弭徐行也）薄遊民閒臨臣之庭曲聽臣言臣有大拙智所不化醫所不攻戚不能遷寬不能容乾坤之量包含海岳臣身甚微無所投足蟻適于垤蝸休于殼龜鼊螺蜯（上蠃下蚌）皆有所伏臣物之靈進退唯辱彷徉爲狂局束爲諂吁吁爲詐坦坦爲忝他人有身動必得宜周旋獲笑顛倒逢嘻巳所尊昵人或怒之變情徇勢射利抵巇

巇山險貌音羲中心甚憎爲彼所竒忍仇佯喜悅譽
遷隨胡執臣心常使不移反人是巳曾不惕
疑貶名絶命不貿所知抃嘲似傲貴者啓齒
臣旁震驚彼且不耻叩稽匍匐言語譎詭令
臣縮恧女六切下同彼則大喜臣若效之瞋怒叢
巳彼誠大巧臣拙無比王侯之門狂吠狴犴
陛岸二音上又邉迷切臣到百步喉喘顛汗睢盱逆走
魄遁神叛欣欣巧夫徐入縱誕毛羣掉尾百
怒一散世途昬險擬步如漆左低右昂鬬冐

衝突鬼神恐悸聖智危慄泯焉直透所至如
一是獨何工縱橫不卹非天所假彼智焉出
獨喬於臣恒使玷黜杳杳騫騫恣口所言逆
知喜惡默測憎憐搖唇一發徑中心原膠加
鉗夾誓死無遷探心扼膽踊躍拘牽彼雖佯
退胡可得旃獨結臣舌喑抑銜寃喑音隂擘眥
流血眥音劑一辭莫宣胡爲賦授有此奇偏眩
耀爲文瑣碎排偶抽黃對白噞哢飛走噞哢鳥聲
也音弇弄駢四儷六錦心繡口宮沉羽振笙簧觸

手觀者舞悅誇談雷吼獨澥臣心使甘老醜
嚚昏莽鹵樸鈍枯朽不期一時以俟悠久旁
羅萬金不鬻弊帚（文選家有弊帚享之千金）跪呈豪傑投
棄不有眉矉頞蹙（矉目恨張也矉音賓頞音遏）喙唾詈歐
（喙呼惠切唾吐卧切歐音嘔）大赦而歸填恨低首天孫司
巧而窮臣若是卒不余畀獨何酷歟敢願聖
靈悔禍矜臣獨鄙付與姿媚易臣頑顏鑿臣
方心規以大圓拔去吶舌（吶與訥同）納以工言文
詞婉軟步武輕便（平聲）齒牙饒美眉睫增妍突

梯卷齌楚詞卜居云將突梯滑稽以潔楹乎突梯隨俗貌莊子齌卷傖囊而亂天下卷齌不申舒貌音拳攣又劵勉力轉二切爲世所賢公侯卿士
五屬十連王制五國以爲屬屬有長十國以爲連連有帥○屬字音注彼
獨何人長亨終天言訖又再拜稽首俯伏以
俟至夜半不得命疲極而睡見有青褎朱裳
褎衣袂也音袖手持絳節而來告曰天孫告汝汝詞
良苦凡汝之言吾所極知汝擇而行嫉彼不
爲汝之所欲汝自可期胡不爲之而誑我爲
汝唯知耻諂貌淫詞寧辱不貴自適其宜中

心已定胡妄而祈堅汝之心容汝所持得之爲大失不汙卑凡吾所有不敢汝施敢一作安致命而畀汝愼勿疑嗚呼天之所命不可中革泣拜欣受初悲後懌抱拙終身以死誰惕此言聖賢之學急於內而緩於外所造有深淺所見有昏明所養有寬狹所聞有多寡是巧拙之所由分若夫言之聽不聽仕之遇不遇身名之榮辱爵位高下則非巧拙之所系也故大智若愚大辯若訥如愚者聖人所與無智名者史氏所稱世俗所謂拙者安知其非真巧歟子厚既廢不重責已其論巧拙之大意特在於言語用舍仕宦進退之間又何足以知真巧拙所在邪

名云上尸彭琚中尸彭質下尸彭矯

罵尸蟲文 并序公之作此文盖有所寓耳貞元中公以黨累貶永州司馬宰相惜其才欲澡濯用之詔補袁州刺史其後諫官頗言不可用遂罷當時之讒公者衆矣假此以嫉其惡也當是謫永州後作

有道士言人皆有尸蟲三處腹中伺人隱微失誤輒籍記日庚申幸其人之昬睡出讒於帝以求饗 酉陽雜俎云人有三尸土尸清姑伐人眼中尸白姑伐人五臟下尸血姑伐人胃命凢庚申日言人過於帝古以語云三守庚申三尸伏七守庚申三尸滅 是人多謫過嫉癘夭死柳子特不信 一無特字 曰

吾聞聰明正直者爲神帝神之尤者（一無者字）其爲聰明正直宜大也安有下比陰穢小蟲縱其狙詭延其變詐以害于物而又悅之以饗其爲不宜也殊甚吾意斯蟲若果爲是則帝必將怒而戮之投于下土以殄其類俾夫人得安其性命而苛慝不作然後爲帝也余既處甿不得質之于帝而嫉斯蟲之說爲文而罵之

來尸蟲汝曷不自形其形（一作自刑其形）陰幽詭側

而寓乎人跪一作詭以賊厥靈膏肓是處兮左傳成十年晉侯求醫於秦秦伯使醫緩爲之未至公夢疾爲二豎子曰彼良醫也懼傷我焉逃之其一曰居肓之上膏之下若我何醫曰疾不可爲也在肓之上膏之下攻之不可達之不及說文肓心上鬲下也音荒不擇穢卑潛窺默聽兮窺一作覷此居切又如字導人爲非冥持札牘兮搖動禍機卑陬拳縮兮宅體險微以曲爲形以邪爲質以仁爲凶以僭爲吉以淫諛諂誣爲族類以中正和平爲罪疾以通行直遂爲顛蹶以逆施反鬬爲安佚譖下謾上謾欺也莫官切恒其心術妒

人之能幸人之失利昏伺睡旁睨竊出 睨斜視也五計切 走讒于帝遽入自屈冪然無聲 冪音覓 其意乃畢求味巳口胡人之恤彼脩蛕恙心 蛕腹中長蟲也音回○他本蛕作蛸 短蟯穴胃 蟯亦腹中蟲也如消去消二切 外搜疥癘 疥瘙癢也癘疫氣也 下索瘻痔 瘻瘡也痔後病瘻力鬬切痔治里切 侵人肌膚爲巳得味世皆禍之則惟汝類良醫刮殺聚毒攻餌旋死無餘乃行正氣汝雖巧能未必爲利帝之聰明宜好正直寧懸嘉饗苔汝讒慝叱付九關貽虎豹食 楚詞宋玉招魂

道書北者羅酆注山名為北帝之鬼者

虎豹九關豖害下人言天門九重使神虎豹執其關閉主豖齧天下欲上之人而殺之下民舞蹈荷帝之力是則宜然何利之得速收汝之生速滅汝之精蓐收震怒蓐收天之刑神禮記孟秋之月其神蓐收將敕雷霆擊汝酆都糜爛縱橫俟帝之命乃施于刑羣邪殄夷大道顯明害氣永革厚人之生豈不聖且神敷祝曰尸蟲逐禍無所伏下民百禄惟帝之功以受景福尸蟲誅禍無所廬下民其蘇惟帝之德萬福來符臣拜稽首敢告于玄都

斮曲几文（觀其文益指當時以諂曲獲用者云爾又謂上之人不明弃直而用曲則不才者進其首徵矣皆貶謫後作與前篇相先後云）

后皇植物（楚詞九章后皇嘉樹橘徠服兮註后后土皇皇天也）所貴乎直聖主取焉（主一作王）以建家國亘爲棟楹（上音棟下音盈）齊爲闈閾（上音佩下音域）外隅平端中室謹飭度焉以几（周禮室中度以几几三尺也○度待洛切）維量之則君子憑之以輔其德（其一作有）末代淫巧不師古式斷茲揉木（揉屈伸木也）以限肘腋欹形詭狀曲程詐

力制類竒邪上音畸下音衺用絶繩墨句身陋狹危
足僻側支不得舒脅不遑息余胡斯蓄以亂
人極追咎厥始惟物之殘禀氣失中遭生不
完託地墝垤何休曰墝埆不生五穀曰不毛垤塏冢也○上口交切下徒結
切反時燠寒鬱悶結澀悶一作閉癃蹇艱難不可
以遂遂戲其端離竒詰屈鄒陽上書云蟠木根柢輪囷離竒而
爲萬乘器者以左右先爲之容也縮惡巑岏巑岏銳上也高也上音攢下五
官切含蝎孕蠹蝎木中蠹蟲也胡葛切蠹音妬外邪中乾音干或
困先容以售其蟠解見上售賣也音壽下同蟠音盤病夫甘

焉制器以安彼風毒敗形陰沴遷魄栢傷謂之沴沴闇計切禍氣侵骨遷神化脉體仄筋倦榮乖衛逆乃喜茲物以爲巳適器之不祥莫是爲敵烏可昵近以招禍癖且人道甚惡惟曲爲先在心爲賊在口爲愆在肩爲僂在膝爲攣戚施蹐跂戚施不能仰者蹐曲也跂有跂踵國其人行腳跟不着地○上舉綺切下丘弭切匍匐拘拳古皆斥遠莫致於前問誰其類惡木盜泉猛虎行渴不飲盜泉水熱不息惡木陰○管子曰懷耿介之心不蔭惡木之枝惡木尚猶耻之況與惡人同處○尸子昔孔子至于盜泉渴矣而不飲惡其名也朝歌

廻車漢鄒陽書云里名勝母曾子不入邑號朝歌墨子回車晉灼云紂作朝歌者不
時也簡牘載焉載一作稱昭王市骨樂毅歸燕燕昭王厚
幣以招賢者古之人君有使涓人求千里馬者馬已死買其首而返君王大怒涓人曰死
馬且買況生者乎不朞年千里馬至者三焉今王致士先從郭隗始況賢於隗者哉昭王
爲隗築宮而師之於是士爭趍燕樂毅自魏往以爲亞卿今我斬此以希
古賢謟訣宜惕正直宜宣道焉是達法焉是
專咨爾君子曷不乾乾易君子終日乾乾既和且平
獲祐于天去惡在微慎保其傳好惡槩於心而托物以自
見廉者不飲貪泉正者不食邪蒿反本者必悲黑白之絲執方者不蓄圓轉之器宜也子

厚急於禄仕曲胥鑿柝同於偃僂者多矣而
反斬絶曲几几而有神得無濫誅之冤乎

宥螋蛇文

并序晁无咎盍取乎罵尸蟲憎王孫并此宥螋虵文

以附變騷系之曰離騷以虬龍
鸞鳳託君子以惡禽臭物指讒
佞王孫尸蟲螋虵小人讒佞之
類也其憎之也罵之也投畀有
比之意也其宥之也以遠小人
不惡而嚴之意也盍離騷備此
義而宗元放之
焉○螋音覆

家有僮善執蛇晨持一蛇來謁曰是謂螋蛇螋毒蛇名色如綬文鼻上有針大者長七八尺一名反鼻出南方犯於人死
不治又善伺人聞人咳喘步驟輒不勝其毒

捷取巧噬（音誓）肆其害然或慊不得於人則愈
怒（慊恨也苦簟切）反齧草木草木立死後人來觸死
莖猶墮指攣腕腫足（攣力緣切腕烏貫切腫時勇切）爲廢病
必殺之是不可留余曰汝惡得之曰得之榛
中曰榛中若是者可旣乎曰不可其類甚博
余謂僮曰彼居榛中汝居宮内彼不即汝而
汝即彼犯而鬬死以執而謁者汝實健且險
以輕近是物然而殺之汝益暴矣彼耕穫者
求薪蘇者（漢書樵蘇後爨蘇草也）皆土其鄉知防而入

不

焉執耒操鞭持芟扑以逺其害汝今非有求於榛者也容汝居昜汝庭昜謂芟治草木不夌與不步闇是惡能得而害汝且彼非樂爲此態也造物者賦之形陰與陽命之氣形甚怪僻氣甚禍賊雖欲不爲是可得也是獨可悲憐者又孰能罪而加怒焉汝勿殺也余悲其不得已而所爲若是叩其脊諭而宥之其辭曰

吾悲夫天形汝軀夫一作乎絶翼去足無以自扶曲膂屈脅惟行之紆目兼蜂蠆色混泥塗蜂音

峰蠆丑邁切其頸蹙恧頸一作頭其腹次且上七私切下七余切
褰鼻鉤牙穴出榛居蓄怒而蟠銜毒而趍志
靳害物陰姤潜狙子余切汝之禀受若是雖欲
爲蠹爲蝢蠹蝦蟇蝢蛙蝢蛙蝢反行卽寒蚓也○蠹音蛙蝢女忍切焉可
得巳凡汝之爲惡非樂乎此緣形役性不可
自止草搖風動百毒齊起首拳脊努呥舌搖
尾呥喍貌音冉不逞其凶若病乎巳世皆寒心我
獨悲爾吾將薙吾庭選注薙除也音替又丈几切葺吾檻
窖吾垣窖一作窒嚴吾扃俾與草不植而穴隟不

萌（隟乞逆切 字當作隙）與汝異途不相交爭雖汝之惡焉得而行嘻造物者胡甚不仁而巧成汝質既稟乎此能無危物物賊害無辜惟汝之實陰陽爲戾假汝忿疾余胡汝尤是戮是抶（音迭）宥汝于野自求終吉彼樵豎持芟農夫執耒不幸而遇將除其害餘力一揮應手糜碎戕雖汝活其惠實大他人異心誰釋汝罪形既不化中焉能悔嗚呼悲乎汝必死乎毒而不知反訟乎內今雖寬焉後則誰賚（一作頼）陰陽爾

造化爾道烏乎在可不悲歟

憎王孫文。漢王延壽嘗爲王孫賦有云顏狀類乎老翁軀體似乎小兒王王孫蓋言乎猴類而小者也陳長方云余嘗疑宥蝮蛇憎王孫文序已述其意詞又述之閭丘鑄曰柳子晚年學佛書先述其義乃作偈曰柳子并序熟之下筆遂爾余爲一笑

猨王孫居異山德異性不能相容猨之德靜以恒類仁讓孝慈居相愛食相先行有列飲有序不幸乖離則其鳴哀有難則內其柔弱者難乃旦切不踐稼蔬木實未熟相與視之謹既

知自　疏

熟嘯呼羣萃然後食衎衎焉山之小草木必環而行遂其植故猨之居山恒鬱然王孫之德躁以囂勃諍號呶上音豪下尼交切唶唶彊彊唶唶大聲也彊彊相隨貌詩鵲之彊彊〇唶音責又子夜切雖羣不相舍也食相噬齧倪結切行無列飲無序乖離而不思有難推其桑弱者以免好踐稼所過狼籍披攘木實未熟輒齕齩投注齕下沒切齩五狡切竊取人食皆實其嗛以頰貯食蓋謂猿藏食也〇嗛苦簟切山之小草木必凌挫折挽使之瘁然後已故王孫之居

則

山恒蒿然以是猨羣衆則逐王孫王孫羣衆亦齚猨（齚齧也仕革切一作齰）猨棄去終不與抗然則物之甚可憎莫王孫若也余棄山間久見其趣如是作憎王孫云

湘水之漵漵兮（湘水出零陵郡）其上羣山胡茲鬱而彼瘁兮善惡異居其間惡者王孫兮善者猨環行遂植兮止暴殘王孫兮甚可憎噫山之靈兮胡不賊旃跐踉叫囂兮（跐徒彫切踉呂唐切）衝目宣齗（齗齒根肉魚斤切）外以敗物兮內以爭羣排鬭善

類兮譁駭披紛（譁音華駭下楷切）盜取民食兮私巳

不分充嗛果腹兮（莊子三飡而返腹猶果然果如字又苦火切飽貌）

驕傲驩欣嘉華美木兮碩而蘩羣披競齧兮

枯株根毀戚敗實兮更怒喧居民獸苦號穹

旻（號音豪旻音珉）王孫兮甚可憎噫山之靈兮胡獨

不聞獲之仁兮受逐不校退優游兮惟德是

儆廉來同兮聖囚（飛廉惡來紂臣也聖囚謂文王囚於羑里）禹稷

合兮凶誅（謂舜用禹稷去四凶）羣小逐兮君子違（下一小字）

（本有人字）大人聚兮孽無餘善與惡不同鄉兮否

泰既兆其盈虛（否備鄙切）伊細大之固然兮乃禍福之攸趍王孫兮甚可憎噫山之靈兮胡逸而居（按子厚之憎王孫文以猨喻君子王孫喻小人有意乎用君子而去小人也當時君子孰賢於韓退之白居易小人孰甚於王伾王叔文子厚不與韓白爲徒直節不屈乃附叔文以求進卒與八司馬同貶向謂猨衆則逐王孫今固不與猨而從王孫以自取禍者耶）

逐畢方文（并序）

永州元和七年夏多火災日夜數十發少尚五六發過三月乃止八年夏又如之人咸無

安處老弱燔死燔音煩晨不爨取亂切夜不燭夜一作瞋皆列坐屋上左右視罷不得休罷音疲盖類物爲之者訛言相驚云有怪鳥莫實其狀山海經云章義之山有鳥如鶴一足赤文白喙其名曰畢方見則其邑有譌火已上皆山海經之文妖言曰譌譌與訛同五戈切若今火者其可謂譌歟而人有以鳥傳者其畢方歟遂邑中狀而圖之禳而礫之礫裂也陟格切爲之文而逐之

后皇庇人兮敬授羣材大施棟宇兮小蔽草

菜各有攸宅兮時闔而開火炎爲用兮化食生財胡今茲之怪灾兮日十爇而窮災爇如劣切朝儲淸以聯邃兮夕蕩覆而爲灰焚傷羸老兮炭死童孩叫號隙突兮戶駴人衆袒夫狂走兮袒謂肉袒倏忽徃來鬱攸孽暴兮左傳哀三年齊濡帷幕鬱攸從之注火氣也㬥㬥字音剥混合㤪台楚詞九辯云收㤪㒵之孟夏兮㒵字音台民氣不舒兮傴踣顛頹傴音壹踣匹候蒲北二切休息燎兮灰伏㷄煤門薨瞞黑兮啓伺奸囘若墜之天兮墜一作墮若生之鬼令行不訛兮國

恐盍已問之禹書畢方是祟山海經乃禹所撰故云祟音遂

嗟爾畢方兮胡肆其志皇亶聰明兮書亶聰明作元后亶信也念此下地災皇所愛兮僇死無貳幽形翕毒兮陰險詭異汝今不懲兮衆慼咸至慼音訴皇斯震怒兮殄絕汝類祝融悔禍兮祝融火神晉語黎爲高辛氏火正光照四海命之曰祝融注祝始也融明也回祿屏氣左氏禳火於玄冥回祿玄冥水神回祿火神汝雖赤其文隻其趾逞工銜巧莫救汝死黠知急去兮黠下八切愚乃止此高飛兮翱翔遠伏兮無傷翱翔音敖祥海之

南兮天之裔汝優游兮可卒歲皇不怒兮永汝世日之良兮今速逝急急如律令

辨伏神文 并序

余病痞且悸公又嘗與李建書云僕自去年八月末痞疾稍已又與楊憑書云一二年來痞氣尤甚又云每人大言則蹶氣震怖撫心而按膽不能自止。痞部鄙切謁醫視之曰惟伏神爲宜明日買諸市烹而餌之病加甚召醫而尤其故醫求觀其滓滓澱也壯士切曰吁盡老芋也彼鬻藥者鬻音育欺子而獲售子之懵也而反尤於余不以過乎余戍

然憝慨然憂慨口槩切推是類也以往則世之以
芊自售而病乎人者衆矣又誰辨焉申以詞
云
伏神之神兮惟餌之良愉心舒肝兮魂平志
康歐開滯結兮歐音區調護柔剛和寧悅懌兮
復彼恒常休嘉訢合兮訢音忻邪怪遁藏君子
食之兮其樂揚揚余殆於理兮榮衛蹇極伏
盃積塊兮史記倉公傳陽虛侯病痺根在右脅下大如覆盃悸不得
息有醫導余兮求是以食往沽之市兮沽買也

欣然有得滌濯釁熏兮專恃爾力反增余疾兮昏潰馮塞潰胡對反馮音憑余駭其狀兮往尤于醫徵滓以觀兮既笑而嘻曰子胡昧愚兮茲謂蹲鴟史記文山之下沃野有蹲鴟注云蹲鴟芋魁也○上音存下處之切處身猥大兮善植圩卑圩卑謂下濕之地受氣頑昏兮陰僻歆危歆丘宜切亦作欹累積星紀兮以老爲奇潛苞水土兮混雜蝝蚳蝝蝗子也蚳蟻卵也○上推船切下丈飢切不幸充腹兮惟痼之宜野夫忮害兮忮狠也音寘假是以欺刮膩刻貌兮觀者勿疑中虛以

脆兮外澤而夷誤而爲餌兮命或殆而今無以追兮後愼觀之嗚呼物固多僞兮知者蓋寡考之不良兮求福得禍書而爲詞兮願竊來者

愬螭文 并序

零陵城西有螭室于江零陵永州郡名說文螭若龍而黃一說無角曰螭○螭丑支切法曹史唐登浴其涯音沂螭牽以入一夕一作昔浮水上吾聞凡山川必有神司之抑有是耶於是作愬螭投之江曰

天明地幽孰主之兮莊子天其運乎地其處乎孰主張是壽善夭殤終何爲兮堆山釃江釃山宜切又所綺切司者誰兮突然爲人使有知兮畏危慮害趍走祗兮父母孔愛妻子嬉兮出入公門不獲非兮潡潡湘流潡潡水流貌二字並音攸清且微兮陰幽洞石蓄怪螭兮胡濯茲熱卒無歸兮親戚叫號閭里思兮魂其安游覲湘纍兮揚雄反離騷因江潭而淮記兮欽弔楚之湘纍注諸不以犯罪死曰纍屈原赴湘死故曰湘纍○纍力追切嗟爾怪螭害江湄兮湄音眉涎泳重淵涎徐連切字當作次重平聲淵

（一作闌）物莫威兮蟉形决目（蟉力幽巨糾二切）潛伺窺兮膏血是利私自肥兮歲旣大旱澤莫施兮妖猾下民使顛危兮充心飽腹肆敖嬉兮洋洋徃復流逶迤兮（逶於危切迤音移又夷爾切）惟神高明胡縱斯兮蔑棄無辜逞恠姿兮胡不降罰肅川坻兮舟者欣欣游者熙兮蒲魚浸用吉無疑兮牲牷玉帛人是依兮匪神之愬將安期兮神之有亡於是推兮投之北流心孔悲兮

哀溺文（并序文益指事寓意與招海賈之說同）

永之氓咸善游（永一作零陵二字游泅也說文行水也）一日水
暴甚有五六氓乘小船絕湘水中濟船破皆
游（一作皆浮游）其一氓盡力而不能尋常（八尺曰尋倍尋
曰常）其侶曰汝善游最也今何後爲曰吾腰千
錢重是以後曰何不去之不應搖其首有頃
益怠已濟者立岸上呼且號曰汝愚之甚蔽
之甚身且死何以貨爲又搖其首遂溺死吾
哀之且若是得不有大貨之溺大氓者乎於
是作哀溺

吾哀溺者之死貨兮惟大珉之爲憂世濤鼓
以風湧兮浩滉蕩而無舟滉戶廣切不讓祿以辭
富兮又旁窺而詭求手足亂而無如兮負重
踰乎崇丘既浮顚而滅膂兮浮顚一作搖頭不忍釋
利而離尤離騷經進不入以離尤兮注離尤遭禍也〇忍一作欲呼號
者之莫救兮號音豪愈搖首以沉流髮披鬤以
舞瀾兮楚詞大招豕首縱目被髮鬤只注鬤鬤髮亂也如陽切魂倀倀而
焉遊倀丑良切又音帳黿鼉互進以爭食兮魚鮪族
而爲羞始貪贏以啇厚兮終負禍而懷讐前

旣没而後不知懲兮更攬取而無時休哀茲氓之蔽愚兮反賊已而從仇不量多以自諫兮姑指幸者而爲謀夫人固靈於鳥魚兮胡昧罻而蒙鉤罻羅也罻音尉大者死大兮小者死小奮游雖最兮卒以道夭與害偕行兮以死自繞推今而鑒古兮鮮克以保其生衣寶焚紂兮史記紂兵敗走入鹿臺衣其寶玉自赴火而死專利滅榮國語周厲王好利近榮夷公芮良夫諫曰王室其卑乎夫榮公好專利而不知大難豺狼死而猶餓兮牛腹尸而不盈尸亦死也牛至死腹猶未滿民旣

貿貿而無知兮貿音茂無民字一故與彼咸謚爲氓

死者不足哀兮冀中人之爲余而更憶

招海賈文此文蓋晁无咎取之於騷楚詞系之曰昔屈原不遇

於楚徬徨無所依欲乘雲騎龍遨遊八極以從已志而不可猶怛然念其故國至于將死精神離散四方上下無所不往又有衆鬼虎豹怪物之害故大招其魂而復之之言皆不若楚國之樂者招海賈文雖變其義盡取諸此也宗元以謂崎嶇冒利遠而不復不如已故鄉常產之樂亦以諷世之士行險徼倖不如居易以俟命云

○賈音古

洛海賈兮君胡以利易生而卒離其形大海盪泊兮盪音蕩晏本泊作汩顛倒日月龍魚傾側兮神怪隳突上還規切下陁沒切滄茫無形兮往來遽卒子忽切陰陽開闔兮氛霧滃渤上烏孔切下蒲末切君不返兮逝怳惚一無逝字怳與恍字同舟航軒昂兮下上飄風鼓騰趠嶢嵲兮嶢嵲危高也○趠敕角切嶢音堯或書作嶢嵲魚列切萬里一覩崒入泓坳兮崒峯巉喦也才律岞莫二切泓烏宏切坳於交切視天若畝說文六尺爲步步百爲畝畝莫候切與畮畝同奔螭出扑兮翔鵬振舞天吳九首兮山海經云朝陽之谷神曰

天吳是為水伯其為獸也八首八足八尾背青黃人面此作九首恐誤更笑迭
怒垂涎閃舌兮揮霍旁午君不返兮終為虜
黑齒巇巉鱗文肌木元虛海賦或泛泛悠悠於黑齒之邦注黑齒海外國名巇齒不正巉齒露也○巇士眼切巉魚蹇切三角駢列耳離披山海經鯪魚背腹皆有刺如三角菱○鯪音陵反斷乂牙踔嶔崖斷齒根肉踔踶也嶔崟山高險也斷魚斤切踔敕教教又尺約敕角切嶔音欽虵首豨鬣
虎豹皮沈懷遠南越志鯪魚鯉也形如虵而四尺沈瑩臨海水異物志虎鯌長五尺黃黑斑文耳目齒牙有似虎形或變乃成虎○稀豕也音希羣浚互出讙
遨嬉臭腥百里霧雨瀰君不返兮以充飢弱

水蓄縮張衡思玄賦亂弱水之潺湲兮楚詞大招東有大海溺水浟浟只汪東海
其水淖溺沉没物也弱一作溺萬其下不極投之必沉負羽
無力山海經云崑崙之丘其下有弱水環之。不能載鴻毛鯨鯢疑畏鯨鯢大魚
也遲遲嶷嶷魚力魚其二切君不返兮卒自賊怪石
森立涵重淵高下迾置滔危顛迾遮也。迾呂結切崩
濤搜疏刻戈鋋鋋小矛時連切君不返兮砉沉顛其
外大泊泙㵧淪泙水名谷也㵧淪水深廣貌。泙音平㵧於倫切終
古廻薄旋天垠入方易位更錯陳君不返兮
亂星辰東極傾海流不屬泯泯超忽紛盪沃

◎

殆而一跌兮跌徒結切沸入湯谷淮南子云日出湯谷入虞淵離騷遠遊朝濯髮於湯谷注湯谷在東方少陽之位舳艫霏解稍若木楚詞注若木在崑崙西極其華照下地淮南子云建木在廣都若木在建木西○舳音軸艫音盧君不返兮魂焉薄海若嗇貨號風雷海神名曰海若巨鼇頷首丘山頽列子渤海之東有大壑焉其中有五谷一曰岱輿二曰員嶠三曰方壺四曰瀛洲五曰蓬萊而山根無所着隨波上下不得暫峙先聖訴于帝使巨鼇十五擧首而載之迭爲三番六萬歲一交焉○鼇音敖頷戶敢切猖狂震虩翻九垓易震雷虩虩許逆反垓音該君不反兮靡以摧咨海賈兮君胡樂出幽險而疾平夷恂

駭愁苦（恟音凶）而以忘其歸上黨易野恬以舒（周禮險野以人爲主易野以車爲主易平也上黨潞州也言天下平陸之地足以爲賈而
無虞也）蹈躁厚土堅無虞（躁踐也忍久如又岐二切蹈徒到切）
路脉布彌九區出無入有百貨俱周游傲睨
神自如撞鐘擊鮮恣歡娛君不返兮欲誰須
膠鬲得聖捐鹽魚（孟子膠鬲舉於魚鹽之中）范子去相安
陶朱（范蠡既雪會稽之耻乃乘扁舟浮江湖變姓名適齊爲鴟夷子之陶爲朱公治
產積居與時逐言富者皆稱陶朱公）呂氏行賈南面孤（呂不韋陽翟大
賈人也往來販賤賣貴家累千金後事秦莊襄王以爲相封文信侯）弘羊心計

◎

登謀謨桑洪羊洛陽賈人子以心計言利事析秋毫領大司農盡管天下鹽鐵作平準之法盡籠天下之貨於是民不益賦而天下用饒賜爵左庶長煮鹽大治

九卿居東郭咸陽齊之大煑鹽孔僅南陽大冶武帝時二人皆爲大司農丞祿

秩山委收國租賢智走諾爭下車逍遙縱傲

世所趨君不返兮謚爲愚咨海賈兮賈尚不

可爲而又海是圖死爲險魄兮生爲貪夫亦

獨何樂哉歸來兮寧君軀

河東先生集卷第十八

東吳郭雲
鵬校壽梓

河東先生集卷第十九

弔贊箴戒

弔萇弘文

晁無咎取此文於變騷而爲之說曰弔萇弘文者宗元之所作也萇弘字叔周靈王之賢臣爲劉文公之屬大夫敬王十年劉文公與弘欲城成周使告於晉魏獻子莅政悅萇弘而與之合諸侯于狄泉衛彪傒曰萇弘其不歿乎周詩有之曰天之所壞不可支也及范中行之難周人殺萇弘莊周云萇弘死藏其血三年而化爲碧蓋語其忠誠然也宗元哀弘以忠死故弔云

有周之羸兮羸力追切邦國異圖臣乘君則兮王昜爲侯威強逆制兮鬱命轉幽轉一作輔疹蠱膠密兮疹恥忍切又音軫字當作疢蠱音古毒也肝膽爲仇一作尤奸權豪貨兮忠勇以劉伊時云幸兮大夫之羞嗚呼危哉河渭潰濫兮橫軀以抑嵩高坼陊兮說文云陊山崩一日山摧尺爾切舉手排直壓溺之不慮兮壓乙甲切溺奴狄切堅剛以爲式知死不可撓兮明章人極夫何大夫之炳烈兮王不寤夫讒賊卒施快於剽狡兮剽匹妙切狡古巧切怛就制乎強國

謂范中行之難萇弘與之晉以爲討周人殺萇弘松栢之斬刈兮蓊茸欣植蓊烏孔切茸如容而隴二切盜驪折足兮周穆王八駿其一曰盜驪驪音離罷駑抗臆罷音皮鷔鳥之高翔兮鷔音至蘖狘惴而不食惴之瑞切竊畏忌以羣朋兮夫孰病百而伸一摭寡以校衆兮古聖人之所難矧援羸以威傲兮兹固蹈殆而違安殺身之匪予戚兮閔宗周之不完豈成城以夸功兮哀清廟之將殘嫉彪子之肆誕兮彌皇覽以爲謾騷云皇覽揆子于初度兮○謾平聲始舍道以從世兮

焉用夫考古而登躋指白日以致憤兮卒頹
幽而不列版上帝以飛精兮黮廖廓而殄絶
黮徒敢切竭馮雲以狃愬兮狃說文云飛聲音貢一音紅終冥
冥以鬱結欲登山以號辭兮愈洋洋以超忽
心沍涸其不化兮沍音互涸音鶴又胡故切形凝氷而自
慄圖始而慮末兮非大夫之操陷瑕委厄兮
固衰世之道知不可而愈進兮誓不偷以自
好陳誠以定命兮俟貞臣與爲友臣下一有以字比
干之以仁義兮論語微子去之箕子爲之奴比干諫而死孔子曰商有三

仁焉一本作比干之仁義兮一作緬邈絕以
比干之以仁義類兮一無義字
不群伯夷殉潔以莫懟兮子貢曰伯夷叔齊何人也曰古之賢
人也曰怨乎曰求仁而得仁又何怨孰克軌其遺塵苟端誠之
內虧兮雖耆老其誰珍古固有一死兮賢者
樂得其所大夫死忠兮君子所與嗚呼哀哉
敬余忠甫一作敬弔忠甫一作敬弔予忠甫

弔屈原文晁無咎序此文於變騷曰弔屈原文者柳宗元之所
作也原沒賈誼過湘初爲賦以弔原至揚雄亦爲文而頻反其
辭自㟭山投諸江以弔之誼愍原忠逢時不祥以比鸞鳳周鼎

之竄棄雄則以義責原何必沉身二人者不同亦各從志也及子厚得罪與昔人離讒去國者異太史公所謂虞卿非窮愁亦不能著書以自見於世者故補之論宗元之弔原殆困而知悔者其辭慙矣

後先生蓋千祀兮余再逐而浮湘永貞元年九月公初貶邵州刺史十一月再貶永州司馬湘水名出零陵縣陽海山北入江求先生之汨羅兮屈原為楚懷王左徒以上官大夫讒於頃襄王王怒遷之屈原至江濱被髮行吟澤畔乃作懷沙賦於是懷石自投汨羅以死汨水名在長沙羅縣音覔擥蘅若以薦芳離騷雜杜蘅與芳芷擥持也蘅杜蘅若杜若並香草也○擥魯

敢切蘅音行願荒忽之顧懷兮冀陳詞而有光一作
明先生之不從世兮惟道是就支離搶攘兮
賈誼傳云國制搶攘○搶千羊切攘如羊切遭世孔疚孔甚也疚病也詩我
心孔疚○疚音究華蟲薦壤兮進御羔褏書予欲觀古人之象
日月星辰山龍華虫作會宗彝注華象也虫雉也宗廟彝鐏以草虫等爲飾壤土壤也羊
小者曰羔褏衣袂左傳襄十四年衛石宰穀曰余狐裘而羔袖先生之意蓋以言貴者不
獲用而賤者反得以進御云耳○羔音高褏與袖同牝雞咿嚘兮孤雄
束咮書牝雞之晨惟家之索咮喙也蓋亦以喻賢者不獲伸其喙而小人反以肆其
說耳○咿嚘音伊憂咮與噣同陟救切哇咬環觀兮蒙耳大呂

哇咬謠聲也梁元帝纂要謠歌曰哇歌謂謠聲乃環而觀之聞黃鍾大呂之聲則蒙耳而不聽也大呂六呂之一蒙蔽也○哇烏瓜切咬於交切堇喙以爲羞兮堇烏頭喙烏喙皆藥之有毒者羞饈羞也○堇音覲焚棄稷黍犴獄之不知避兮宮庭之不處陷塗藉穢兮藉慈夜切縈若繡黼褸折火烈兮褸室椽周謂之褸齊魯謂之桷○褸音衰娛娛笑舞娭娛一作娭娭讒巧之嘵嘵兮說文嘵嘵懼也詩曰予惟音嘵嘵○嘵欣幺切與憢同惑以爲咸池咸池黃帝樂名便娟鞠恧兮恧女六切美逾西施離騷有西施之美容謂謨言之怪誕兮反寘瑱而遠遷瑱者以玉充耳○瑱他甸切匿重適

以諱避兮進俞緩之不可爲俞緩謂俞跗秦緩也二人古之良醫何先生之凜凜兮厲鍼石而從之鍼與針同但仲尼之去魯兮去下一有舍字曰吾行之遲遲孔子去齊接淅而行去魯曰遲遲吾行也去父母國之道也柳下惠之直道兮又焉往而可施柳下惠爲士師三黜而不去且曰直道而事人焉往而不三黜今夫世之議夫子兮曰胡隱忍而懷斯惟達人之卓軌兮固僻陋之所疑委故都以從利兮吾知先生之不忍立而視其覆墜兮又非先生之所志窮與達固不渝兮夫唯服道

以守義矧先生之悃愊兮悃苦本切愊迫逼切滔大故
而不貳沉璜瘞珮兮瘞於計切孰幽而不光荃蕙
蔽匿兮胡久而不芳荃蕙皆香草離騷蘭芷變而不芳兮荃蕙化而爲茅注荃蕙香草荃音孫先生之貌不可得兮猶髣髴其
文章託遺編而歎喟兮渙余涕之盈眶眶目匡音匡呵星辰而驅詭怪兮謂屈原放逐見楚廟圖畫天地山川神靈譎詭及古聖賢怪物行事書其壁呵而問之作天問假以稽疑而渫憤悶也夫孰
救於崩亡何揮霍夫雷電兮一無夫字苟爲是之
荒茫耀嫮辭之曭朗兮嫮好也又奢貌曭目無睛直視也又不明

○姱音誇曭音儻世果以是之爲狂哀余衷之坎坎兮獨蘊憤而增傷諒先生之不言兮後之人又何望平聲忠誠之旣内激兮抑衡恐而不長芊爲屈之幾何兮國語融之興者其在芊姓乎芊楚姓屈楚同姓○芊音弭胡獨焚其中腸吾哀今之爲仕兮庸有慮時之否臧食君之禄畏不厚兮悼得位之不昌退自服以默默兮曰吾言之不行旣媮風之不可去兮媮音愉懷先生之可忘賈生得罪於漢投文汨羅以弔屈皮日休不用於唐沉文沅湘以悼賈賈之見讒有似屈原之忠而汨于上官

靳尚也皮之不用而隱有似賈生之才而投
閑長沙也其擬人固以倫矣子厚既比匪人
視三閭大夫相去幾許乃徒追慕其文天對
之辭傚騷十九懟惡深矣又不加省而投文
弔之亦足以發
中流千古之笑

弔樂毅文

晁無咎曰弔樂毅文者宗元之所作也樂毅其先曰樂羊燕昭王以子之之亂而齊大敗燕昭王怨之未嘗一日而忘報齊也乃先禮郭隗而毅往委質焉以爲上將軍下齊七十餘城田單間之毅畏誅遂降趙以書遺燕惠王曰臣聞聖賢之君功立而不廢故著於春秋勇知之士名成而不毀故稱於後世公傷毅之有功而不見知而以讒廢也故弔云是以附諸變

騷〇一本作弔樂生文

許縱自燕來曰燕之南有墓焉其志曰志謂石刻樂生之墓余聞而哀之其返也與之文使弔焉大厦之奮兮風雨萃之奮壞也車亡其軸兮大厦與軸皆以喻毅乘者棄之嗚呼夫子兮不幸類之尚何爲哉昭不可留兮道不可常畏死疾走兮此即上所謂畏誅降趙之意狂顧傍徨燕復爲齊兮趙封毅於觀津號望諸君尊寵毅以驚動燕齊田單與燕軍戰逐燕北至河上盡復齊地東海洋洋嗟夫子之專直兮不慮後而爲防胡

去規而就矩兮卒陷滯以流亡惜功美之不就兮俾愚昧之周章豈夫子之不能兮無亦惡是之遑遑仁夫對趙之惆欵兮樂毅奔趙燕惠王使人讓毅且謝之毅報書云云誠不忍其故邦君子之容與兮彌億載而愈光諒遭時之不然兮匪謀慮之不長跽陳辭以隕涕兮離騷攬茹蕙以掩涕兮霑余襟之浪浪跪敷衽以陳辭兮耿吾既得此中土跽長跪也巨几切仰視天之茫茫苟偷世之謂何兮言余心之不臧言一作信

伊尹五就桀贊觀人之言必求其意柳子贊伊尹謂其去

湯就桀意桀改過而救民之速
學者皆信其說蘇氏曰不然湯
之當王久矣伊尹何疑焉桀能
改過而免於討可庶幾也能用
伊尹而得志於天下雖至愚知
其不然宗元意欲以此自解說
其從二王之罪也蘇氏可謂能
以意逆志矣公以附王叔文見
逐嘗與許京兆書云早歲與負
罪親善始奇其能謂可以共立
仁義裨教化過不自料廑廑勉
勵惟以中正信義爲志以興堯
舜孔子之道利安元元爲務不
知愚陋不可力強其素意如此
今又作此陰自解說以桀比叔
文言其居勢順便可以速得志
耳以叔文爲桀而以德
宗爲湯是果公之意云

伊尹五就桀或疑曰湯之仁聞且見矣桀之
不仁聞且見矣夫胡去就之亟也柳子曰惡
是吾所以見伊尹之大者也彼伊尹聖人也
聖人出於天下不夏商其心心乎生民而已
曰孰能由吾言由吾言者爲堯舜而吾生人
堯舜人矣退而思曰湯誠仁其功遲桀誠不
仁朝吾從而暮及於天下可也於是就桀桀
果不可得反而從湯既而又思曰尚可十一
乎使斯人蚤被其澤也又往就桀桀不可而

又從湯以至於百一千一萬一卒不可乃相
湯伐桀俾湯爲堯舜而人爲堯舜之人是吾
所以見伊尹之大者也仁至於湯矣四去之
不仁至於桀矣五就之大人之欲速其功如
此不然湯桀之辨一恒人盡之矣又奚以憧
憧聖人之足觀乎易憧憧往來　憧赤容切吾觀聖人之
急生人莫若伊尹伊尹之大莫若於五就桀
作伊尹五就桀贊
聖有伊尹思德於民往歸湯之仁曰仁則仁

矣非久不親退思其速之道宜夏是因就焉不可復反毫殷猶不忍其遲亟徃以觀㢊狂作聖（書聖罔念作狂惟狂克念作聖）一日勝殘（語善人爲邦百年亦可以勝殘去殺）至千萬冀一卒無其端五徃不疲其心乃安遂升自陑（音而）黜桀夐湯遺民以完大人無形與道爲偶道之爲大爲人父母大矣伊尹惟聖之首既得其仁猶病其久恒人所疑我之所大嗚呼遠哉志以爲誨

梁丘據贊（以孟子之賢而臧倉猶得以沮君梁丘據不毀晏子）

之賢是誠可取，公之竄逐遠方，左右近臣無一人爲之地者，其曰激贊梁丘，誠有以哉。

齊景有嬖曰梁丘子，梁丘據字子猶，齊之嬖大夫。同君不爭古號媚士。昭二十年左傳齊侯曰：唯據與我和夫。晏子曰：據亦同也，焉得爲和？君所謂可，據亦曰可；君所謂否，據亦曰否。君悲亦悲，君喜亦喜。列子云：齊景公遊於牛山，北臨其國城而流涕曰：使古無死者，寡人將去斯而之何？據從而泣。曷賢不贅，卒贅於此。媚余所仇，激贊有以。梁丘之媚，順心狎耳，終不撓厥政，不嫉反巳。晏子躬相，梁丘不毀，恣其爲政，政寔允理。時

言

賭晏子食寡肉缺味愛其不飽告君使賜中心樂焉國用不墜後之孌君罕忒師是導君以諛音腴聞正則忌讒賢協惡民蠹國圮部鄙切嗚呼豈惟賢不逮古孌亦莫類梁丘可思又况晏氏激賛梁丘心焉孔痒

霹靂琴賛引

霹靂琴零陵湘水西零陵屬永州震餘枯桐之爲也雷之甚者爲震始枯桐生石上說者有蛟龍伏其窾窾空也音欵一夕暴震爲火之焚至旦乃已其

餘硿然倒卧道上硿石聲苦東戸宋二切震旁之民稍

柴薪之超道人聞取以爲三琴琴莫良於桐

桐之良莫良於生石上石上之枯又加良焉

火之餘又加良焉震之於火爲異是琴也既

良且異合而爲美天下将不可載焉不可載言美之

至也載一作冊徵道人天下之美幾喪余作賛辭識

其越之左與右禮記朱弦而踈越注云越琴底孔也如字以著其

事又益以序以爲他傳辭曰惟湘之涯惟石

之危龍伏之靈震焚之奇既良而異爰合其

美超實爲之贊者柳子

尊勝幢贊 并序

以佛之爲尊而尊是法嚴之於頂其爲最勝宜也旣尊而勝矣其拔濟尤大塵飛而灾去影及而福至睦州於是誠焉不疑睦州謂李睦州也以李錡之叛得罪貶循州元和三年正月以赦量移永州龔石六觚漢書破觚爲圜斲琱爲樸觚謂方也○觚音孤其長半尋乃篆乃刻立之爲福馬孺人之募馬孺人睦州外婦元和五年五月卒于永因塟焉公有太府李卿外婦馬淑誌見外集孺人之生奉佛道未嘗敢

息今既没睦州又成其志擇最勝且尊之道文之於石以延其休則其生佛所得佛道宜無疑也贊曰

世所尊兮又尊道勝無上兮以爲寶拔大苦兮升至真靈合贊兮神而神駕元氣兮濟玄津誰爲友兮上品人德無巳兮石無磷音隣延永世兮奠坤垠靈受福兮公之勤

龍馬圖贊并序公嘗欲焚八駿之圖而獨於此贊龍馬之畫豈可信而不誣者耶

始吾聞明皇帝在位靈昌郡靈昌滑州郡名得異馬於河而莫知其形開元二十九年三月滑州刺史李邕獻馬肉鬣鱗臆嘶不類馬日行三百里好事者涿人盧遵遵涿人公之內弟以其圖來示余其狀龍鱗虺尾虺許尾切拳毛環目肉鬣音獵馬之靈怪有是耶居帝閑爲馬幾二十年從封禪郊籍開元十三年十一月玄宗封泰山二十三年正月耕籍田鳴和鑾者數十事鑾音鸞遇禍亂帝西幸天寶十五年玄宗幸蜀馬至咸陽西入渭水化爲龍泳去不知所終且其來也宜于時其去也存其神

是全德也既覩其形不可以不贊靈和粹異孕至神兮倮尾童鬣倮力果切跣紫鱗兮巍然特出瑞聖人兮顏延年赭白馬賦實有騰光吐圖疇德瑞聖之符焉理平和樂百樂陳兮百一作禮一鳴鑾在御大路遵兮詩遵大路兮世痝道悖痝莫江切還吾真兮哀鳴延首慕水濱兮沛焉潛泳旋裔淪兮裔淪水深廣貌裔淪於倫切淵居海逝靈無鄰兮出處孔時類至仁兮嗟爾衆類孰是倫兮進昬死亂阽厥身兮阽危也音鹽又都念切匪馬之慕吾誰親兮贊之斯圖宜世珍

兮

誡懼箴（或謂公憂懼二箴當王叔文將敗時作恐未必然觀其辭意亦貶謫後作也）

人不知懼惡可有爲知之爲美莫若去之非曰童昏昧昧勿思禍至後懼（後一作而）是誡不知君子之懼懼乎未始幾動乎微事遷乎理將言以思將行以止中決道符乃順而起起而獲禍君子不恥非道之懲非中之詭懼而爲懼雖懼焉如君子不懼爲懼之初

憂箴

憂可無乎無誰以寧予如不憂憂日以生憂不可常常則誰懼予常其憂乃小人戚敢問憂方吾將告予有聞不行有過不徙宜言不言不宜而煩宜退而勇不宜而恐中之誠懇過又不及憂之大方唯是焉急內不自得甚泰爲憂省而不疚雖死優游所憂在道不在乎禍吉之先見易幾者動之微吉之先見者也乃可無過告予如斯守之勿墮

師友箴

并序子厚師友箴曰吾欲從師取友而天下無可者必得仲尼叔牙而師友之退之師說曰師不必賢於弟子弟子不必不如師聞道有先後術業有專攻爾由退之之說則學者不敢恃已之長有所資於人由子厚之說則學者輕人之能而終於自是韓柳優劣由此而判

今之世為人師者衆笑之舉世不師故道益離為人友者不以道而以利舉世無友故道益棄嗚呼生於是病矣歌以為箴既以儆己又以誡人

不師如之何吾何以成不友如之何吾何以增吾欲從師可從者誰借有可從舉世笑之吾欲取友誰可取者孟子尹公之他端人也其取友必端矣借有可取中道或捨仲尼不生才也久死鮑叔牙與管仲爲友後薦仲於桓公以爲相杜甫詩云君不見管鮑貧時交此道今人棄如土二人可作懼吾不似中焉可師恥焉可友謹是二物用惕爾後道苟在焉傭丐爲偶道之反是公侯以走內考諸古外考諸物師乎友乎敬爾毋忽

敵戒入則無法家拂士出則無敵國外患者國常亡子厚敵戒其立意亦同孟子嘗竊思范文子之言而後知孟子柳子之說有爲而發文子云惟聖人能內外無患自非聖人內寧必有外憂此晉厲公侈文子欲釋楚爲外懼之言也審此則孟子之存敵國固以警戰國之君而子厚之爲敵戒亦爲德宗順宗設耳

皆知敵之仇而不知爲益之尤皆知敵之害而不知爲利之大秦有六國兢兢以强六國既除訑訑乃亡謂秦滅齊楚燕趙韓魏六國後不二世而亡訑訑自得貌又淺意訑文云欺也孟子訑訑之聲音顔色○訑音怡又湯何切晉敗楚鄢

育傴范文爲患成十六年左傳晉師敗楚于鄢陵范文子曰君幼諸臣不佞何以及此君其戒之厲之不圖舉國造怨成十七年左傳晉厲公侈多外嬖反自鄢陵欲盡去羣大夫而立其左右孟孫惡臧孟死臧恤藥石去矣吾亡無日襄二十三年左傳孟孫惡臧孫季孫愛之孟孫卒臧孫入哭甚哀多涕日季孫之愛我美疢也孟孫之惡我藥石也美疢不如藥石孟孫死吾亡無日矣智能知之猶卒以危矧今之人曾不是思敵存而懼敵去而舞廢備自盈秖益爲瘉說文瘉病瘳也音庾又音臾敵存滅禍敵去召過有能知此道大名播懲病克壽矜壯死暴縱欲不

戒匪愚伊耄我作戒詩思者無咎

三戒并序東坡曰予讀柳子厚三戒而愛之乃擬作河豚魚烏賊魚二說并序以自警見坡集

吾恒惡世之人不推巳之本而乘物以逞或依勢以干非其類出技以怒强竊時以肆暴然卒迨于禍有客談麋驢鼠三物似其事作三戒子厚三戒臨江之麋則爲依勢以干非類者設永某氏之鼠則爲竊時以肆暴者設二說之譏使强而貪者知所戒也黔驢之戒其適在得失之域乎使中才庸人得是說以匿名遁迹不犯非分或得爲之然仕於王朝人以黔驢爲戒不才者隱其不才而疑

一本门字下有外字

於有才不德者晌其不德而象於有德則列于庶位孰非吹竽之徒耶

臨江之麋

臨江之人畋得麋麑（麋麑鹿子也音覓倪）畜之入門群犬垂涎揚尾皆來其人怒怛之自是日抱就犬習示之使勿動稍使與之戲積久犬皆如人意麋麑稍大忘已之麋也以爲犬良我友抵觸偃仆益狎犬畏主人與之俯仰甚善然時啖其舌（啖音淡）三年麋出門見外犬在道甚衆走欲與爲戲外犬見而喜且怒共殺食之

狼藉道上麋至死不悟

黔之驢

黔無驢有好事者船載以入至則無可用放之山下虎見之尨然大物也以爲神蔽林間窺之稍出近之慭慭然莫相知（慭慭恭敬也張蘄怒貌魚僅切）他日驢一鳴虎大駭遠遁以爲且噬巳也甚恐然往來視之覺無異能者益習其聲又近出前後終不敢搏稍近益狎蕩倚衝冒驢不勝怒蹄之虎因喜計之曰技止此耳因跳

踉大㘎（虎檻切）斷其喉盡其肉乃去噫形之尨也類有德聲之宏也類有能向不出其技虎雖猛疑畏卒不敢取今若是焉悲夫

永某氏之鼠

永有某氏者畏日拘忌異甚以爲己生歲直子鼠子神也因愛鼠不畜猫犬（犬一作又）禁僮勿擊鼠倉廩庖厨悉以恣鼠不問由是鼠相告皆來某氏飽食而無禍某氏室無完器椸無完衣（方言榻前几趙魏之間謂之椸一曰衣架禮記男女不同椸架○椸音移）飲

食大率鼠之餘也晝累累與人兼行累倫追切夜
則竊囓鬭暴其聲萬狀不可以寢終不厭數
歲某氏徙居他州後人來居鼠爲態如故其
人曰是陰類惡物也盜暴尤甚且何以至是
乎哉假五六猫闔門撤瓦灌穴購僮羅捕之
殺鼠如丘棄之隱處臰數月乃已臰尺救切與臭同
嗚呼彼以其飽食無禍爲可恒也哉

河東先生集卷第十九

東吳郭雲
鵬校壽梓

河東先生集卷第二十

銘雜題

沛國漢原廟銘并序漢惠帝即位詔有司爲高帝立原廟至唐尚存載在祀典

昔在帝堯光有四海元首萬邦時則舜禹稷卨卨高辛氏之子音薛與契同佐命垂統股肱天下書元首明哉股肱良哉一本作天子○聖德未衰而內禪音擅元臣繼天而受命四姓承休迭有中邦舜嬀氏禹姒氏后稷姬氏契子氏堯之元臣其後迭有天下五神環運炎德復起五神五德

（也至漢爲火德）周道削滅秦德暴戾皇天疇庸審厥

保承乃命唐帝之後振而興之（春秋晉史蔡墨有言陶唐氏既衰其後有劉累班固贊高祖贊及之）又俾元臣之後（九臣九官也謂禹作司空棄爲后稷契爲司徒皋陶爲士垂爲共工益爲虞伯夷爲秩宗夔典樂龍爲納言○九一作元）翊而登之所以紹復丕績不墜厥祀

故曲逆起爲策士（周封舜後於陳陳之子孫以國爲氏至漢陳平佐高祖封曲逆侯○曲逆音去遇）輔成帝圖吐謀洞靈奮奇如

神舜之胄也汝陰（汝陰夏侯嬰所封嬰之先出自姒姓杞簡公爲楚所滅苐佗奔魯悼公以其夏禹之後以采地爵爲侯後因以爲夏侯氏給）肮帝密

綱嬰爲沛縣吏與高祖相愛高祖戲而傷嬰人有告高祖高祖時爲亭長重坐傷人告故不傷嬰嬰證之移獄覆嬰坐高祖繫歲餘笞掠數百終脫高祖摧虜暴氣扶乘天休運行嘉謀禹之苗也酇侯酇蕭何所封何之先出自子姓宋戴公裔孫樂大心平南宮長萬有功封于蕭後因以爲氏○酇音贊保綏三秦控引漢中項羽立沛公爲漢王都南鄭以何爲丞相何進韓信東定三秦何留收巴蜀宏器廓度以大帝業高之裔也淮陰淮陰韓信所封信之先出自姬氏左氏曰邢晉應韓武之穆也曲沃桓叔之子萬食菜於韓因以爲氏整齊天兵導揚靈威覆趙夷魏拔齊殄楚覆趙謂斬趙王成安君陳餘夷魏謂虜魏王豹定河東呑齊謂

虜齊王廣殄楚謂會垓下平項羽平陽平陽曹參所封參之先封曹以國爲姓○陽下或有夏字非是破三秦虜魏王高祖至漢中以參爲將軍還定三秦與韓信攻魏獲魏王豹絳侯后稷封于郃七世孫古公亶徙居岐山之周原後因爲氏日周至於勃事漢封於絳定楚地固劉氏皆稷之裔也

克復堯緒昭哉甚明天意若曰建火德者必唐帝之胄故漢氏興焉翼炎運者必唐臣之孫故羣雄登焉是以高帝誕膺聖祚以垂德厚探昊穹之奥旨載幽明之休祐殺白帝于大澤以承其靈高祖夜徑澤中有大蛇當徑帝斬之後人至蛇所有老嫗

哭曰吾子白帝子也化爲虵當道今赤帝子斬之建赤旂於沛邑以昭其神高祖爲沛公旗幟尚赤假手于嬴以混諸侯嬴秦姓謂秦并六國而復歸于漢憑力于項以離關東謂項羽剽悍而關東心離奉纂堯之元命纘作管切而四代之後咸獻其用得乘木之大統謂用本德也而秦楚之盛不保其位既建皇極設都咸陽撫征四方訓齊天下乃樂沛宮以追造邦之本乃歌大風以昭武成之德高祖十二年過沛歌曰大風起兮雲飛揚威加海内兮歸故鄉安得猛士兮守四方乃尊舊都尊或作奠以壯王業之基生

爲湯沐之邑浚爲思樂之地且曰萬歲之下魂遊于此高祖謂沛父兄曰游子悲故鄉吾雖都關中萬歲之後吾魂魄猶思沛其以沛爲朕湯沐邑惟茲原廟沛宮之舊也惠帝詔都國立原廟原重也謂先已有廟祭蚩尤於是庭而赤精降高祖既爲沛公祀黃帝祭蚩尤於沛庭導靈命於是邦而群雄至登布衣於萬乘而子孫得以纘其緒化環堵爲四海而黎元得以安其業基岱岳之高源洪河之長蓄靈攡休此焉發跡蓋以道備于是而後行之天下制成于是而後廣之宇內天

下備其道而神復乎本宇內成其制而心懷于舊宜其正名以表功用成其始俾生靈盡其敬焉陳本以宅神用成其終俾生靈盡其慕焉故高帝定位建茲閟宮（詩閟宮有侐建茲閟宮鄭上云）（沛宮也閟音秘）惠皇嗣服爰立清廟（見上注）綿越千祀至今血食此所以成終而成始也且夫以斷蛇之威安知不運其密用佐歲功以流澤歟以約法之仁（高祖入關與父老約法三章耳）安知不流其神睠（與眷同）相舊邦之遺黎歟以紹唐之餘慶統

天之遺烈安知不奮其聖化大祐於下土歟然則扆慶乞靈烏可已也銘于舊邑以廸天命其辭曰

蕩蕩明德時惟放勛（音勳）揖讓而退祚于後昆群蛇輔龍（晉世家文公即位賞從亡者未至介子推子推入綿上山中至死不見子推從者憐之懸書宮門曰龍欲上天五蛇為輔龍已乘雲四蛇各入其宇一蛇獨怨終不見其處所）以翊天門（翊一作翊音工）登翼炎運唐臣之孫秦網既離鹿駭東夏長蛇封豕（左傳封豕長蛇以荐食上國封豕犬猪也）蹈躍中野天復堯緒鍾祐于劉赫

矣漢祖播茲皇猷揚旂沛廷約從諸侯從將容切豪暴震疊威聲布流總制虎臣委成良疇勳珍覇楚勦子小切遂荒神州詩遂荒大東區宇懷濡黔黎輯柔表正萬國炎靈用休定宅咸陽以都上游留觀本邪在鎬如周詩王在在豐鎬文王都豐武王都鎬穆穆惠皇宗禋克承崇崇沛宮清廟是憑原念大業肇經茲地乃專元命亦舉嚴祀建旂釁鼓釁許僅切旂一作旆遂據天位魂遊故都永介丕祉煥列唐典見題注嚴恭罔墜勒此休銘以昭

本姑

劍門銘　并序

惟蜀都重險多貨混同戎蠻人尨俗剽尨雜也

嗜爲寇亂皇帝元年八月師喪衆暴永貞元年八月劒南西川節度使韋皋卒羣凝不制妖孽扇行孽魚列切亦作孼

怙恃富強滔天阻兵書象恭滔天左傳阻兵安忍皐既卒度支副使劉闢自爲留後諷諸將徼旄節時帝即位欲靜鎮四方即拜檢校工部尚書西川節度使闢意帝可用益驁蹇吐不臣語求統三川攻陷他部北包劍門闢欲以所善盧文若節度東川即以兵取梓州憑負丘陵以張驁猛堅

利鋒鏑以拒大順謂雷霆之誅莫已加也惟梁守臣蜀爲古梁州之地禮部尚書嚴公以國害爲私讐以天討爲己任宰相杜黄裳薦神策軍使高崇文勇略可用元和元年正月以崇文爲行營節度使將步騎五千爲前鋒率京西兵馬使李元奕京川節度使李康山南西道節度使嚴礪同討闢摧仁伐信不待司死孟子有司死之士而人致其命立義抗憤不待喋血漢文紀今已誅諸呂新喋血京師喋大頰切字當作蹀蹀謂履涉之也而士一其心悉師出次祇侯明詔凡諸侯之師必出于是儲偫饗賚儲音厨偫直里切取其豐穰乃遣前軍

嚴秦奉揚王誅誕告南土十一月當作二月右師
逾利州蹈寇地乘山斬虜以過奔衝左師出
于劍門大攘頑嚚諭引刼脅蟻潰鼠駭險無
以固以下一有爲字收奪利地以須王師厲命嚴秦自漢原至
神泉凡數十合下劍門覆盪口收劍州破契冊命裨將可提彌珠斬虜之特將文昭德
封刳胥腸振拔根柢俾無以肆毒用集我勳
力贊鼓一振贊音墳元戎啓行詩元戎十乘以先啓行取
其渠魁以爲大戮九月崇文克成都擒闢送長安由公忠勇
憤悱上房吻切下音斐授任堅明謀猷弘長用能啓

闢險阨夷爲大塗裒沮害氣對乎天意致用
休嘉議功居首增秩師長（傳云劉闢反以儲備有素檢校尚書左僕射）進爲大藩宅是南服（十月以礪爲將校東川節度）
羣吏願刊山石昭著公之功垂號無窮銘曰
井絡坤垠（蜀在星分野爲井絡在卦爲坤維河圖括地象曰岷山之地上爲井絡）時惟外區（張載劒閣銘云矧茲陝隘土之外區外區謂在區域之外界）
山爲門環于蜀都叢險積貨混幷羌髳（書牧誓及庸蜀羌髳微盧彭濮人八國皆戎狄屬文王者國名羌在西蜀髳微在巴蜀○羌驅羊切髳音矛）
狂猾窺隙猖猖嚻呼（猖猖犬吠聲楚詞猛犬猖猖○猖魚

斤切狾同憑據勢勝厚其兇徒皇帝之仁宥而不誅暴非德馴害及巴渝巴渝在唐屬劒南道乃出王旅乃咨列嶽牧臣司梁即謂巖礪當其要束罷備攸積糗糧是蓄書時乃糗糧糗乾飯人無增賦師以饒足喋血誓士玄機在握分命貔貅上音皮下音休陳爲掎角左傳譬如捕鹿晉人掎之諸戎角之說文掎偏引也居綺切右逾岷山左直劒門攻出九地孫子云善守者藏於九地之下善攻者動乎九天之上上披重雲攀天蹈空夷視阻艱破裂層壘殄殲羣頑內獲固圉左傳亦聊以固吾圉也外臨

平原天兵徐驅卒乘嘽嘽詩王旅嘽嘽嘽嘽衆也嘽他丹切

大憝囚戮大憝謂闘也書元惡大憝憝徒對切戎夏咸歡帝圖

厥功惟梁是先開國進位南服于藩邦之清

夷人以完安銘功鑒亂永代是觀

塗山銘 并序

惟夏后氏建大功定大位立大政勤勞萬邦

和寧四極威懷之道儀刑後王詩儀刑文王儀刑法也當

乎洪流方割書湯湯洪水方割災被下土自壺口而

導百川書冀州既載壺口治梁及岐此是治水自壺口始也大功建焉

虞帝耄期承順天曆書舜宅帝位三十有三載耄期倦于勤又曰天之曆數在汝躬汝終陟元后自南河而受四海孟子云舜避堯之子於南河之南訟獄謳歌者不之堯之子而之舜然後之中國踐天子位焉今以爲禹謨大位定焉萬國既同宣省風教自塗山而會諸侯左傳哀七年禹會諸侯於塗山執玉帛者萬國注塗山在壽春東北書云娶于塗山孔安國云塗山國名皇甫謐云今九江當塗有禹廟則塗山在江南大政立焉功莫崇乎禦大災禮記能禦大災則祀之言禹有治水之功乃賜玄圭以承帝命書禹錫玄圭告厥成功位莫崇乎執大象老子執大象天下往乃輯五瑞以建皇極五瑞卽五土也

○輯音集政莫先乎齊大統乃朝玉帛以混經制是所以承唐虞之後垂子孫之丕業立商周之前樹帝王之洪範者也嗚呼天地之道尚德而右功右亦尊也帝王之世崇德而賞功故堯舜至德而位不及嗣湯武大功而祚延于世有夏德配于二聖而唐虞讓功焉功冠于三代而商周讓德焉宜乎立極垂統貽于後裔當位作聖者爲世準則塗山者功之所由定德之所由濟政之所由立有天下者宜取於

此追惟大號既發華蓋既狩方岳列位奔走來同山川守神莫敢遑寧吳伐越墮會稽山獲骨節專車吳子使來聘問之仲尼仲尼曰禹致羣神於會稽之山防風氏後至禹殺而戮之其骨節專車此爲大矣客曰敢問誰守爲神仲尼曰山川之守足以紀綱天下者其守爲神社稷之守爲公侯者也羽旄四合定四年左傳晉人假羽旄於鄭鄭人與之周禮至羽爲旞析羽爲旌旄一作毛衣裳咸會莊二十七年穀梁傳衣裳之會十有一未嘗有歃血之盟虔恭就列俯僂聽命然後示之以禮樂和氣周洽申之以德刑天威震耀制立謨訓宜在長久厥後啓征有扈而夏德始衰羿

距太康而帝業不守啓禹之子太康啓之子書甘誓啓與有扈戰于甘之野作甘誓五子之歌注太康盤于遊田不恤民事爲羿所逐不得反國皇祖之訓不由書皇祖有訓皇祖謂禹人亡政墜卒就陵替向使繼代守文之君又能紹其功德脩其政統卑宮室惡衣服拜昌言平均賦入制定朝會則諸侯常至而天命不去矣茲山之會安得獨光于後歟是以周穆遐追遺法復會于是山昭四年左傳椒舉言于楚子曰康有酆宮之朝穆有塗山之會也聲垂天下亦紹前軌用此道也故余爲之銘庶後

代朝諸侯制天下者仰則於此辭曰

惟禹體道功厚德茂會朝侯衛侯衛五等之諸侯統壹憲度省方宣教化制殊類咸會壇位承奉儀矩禮具樂備德容既孚乃舉明刑以弼聖謨則戮防風一本明則作明刑刑戮作則戮遺骨專車見上註克明克威疇敢以渝宣昭黎憲一作獻耆定混區耆音旨傳祚後徹丕承帝圖塗山巖巖界彼東國惟禹之德配天無極即山刊碑貽後訓則

壽州安豐縣孝門銘并序

唐孝友傳曰壽州永豐李興亦有志行柳宗元爲作孝門銘云云全載于傳

壽州刺史臣承思言九月丁亥安豐縣令臣其上所部編戶甿甿與氓同李興父被惡疾歲月就亟就一作疾興自刃股肉假託饋獻其父老病巳不能啖啜上音淡下姝悅切正作歠宿而死興號呼撫臆口鼻垂血捧土就墳沾漬涕洟漬疾智切洟音夷墳左作小廬蒙以苫茨苫茨謂以草覆屋伏匿其中扶服頓踊扶服卽匍匐字頓踊謂蹶踊也晝夜哭訴孝誠幽

達神爲見異廬上產紫芝白芝二本各長一寸廬中醴泉涌出奇形異狀應驗圖記此皆陛下孝理神化陰中其心而克致斯事謹案與匹庶賤陋循習淺下性非文字所導生與耨耒爲業（一作伍）而能鍾彼醇孝（醇音淳）超出古列天意神道猶錫瑞物以表殊異伏惟陛下有唐堯如天如神之德（史記稱堯其仁如天其智如神）宜加旌褒合于上下請表其里閭刻石明白宣延風美觀示後祀永永無極臣昧死上請制曰

可其銘云（一本無上三字）

懿厥孝思（詩永言孝思）惟茲淑靈稟承粹和篤守天經（天經孝也）泣侍羸疾默禱隱冥引刃自劊殘肌敗形羞膳奉進憂勞孝誠惟時高高（詩高高在上）曾不是聽創巨痛仍號于穹旻捧土濡涕頓首成墳陷膺腐背寒暑在廬草木悴死鳥獸踟躕（上音馳下音廚）殊類異族亦相其哀肇有二位（二位天地也）天孝道爰興克修厥猷載籍是登在帝有虞以孝烝烝（舜克諧以孝烝烝乂不格姦）仲尼述經

以教于曾孔子孝經爲曾參而作惟昔魯侯見命夷宮國語周宣王欲得國子之能導訓諸侯者穆仲曰魯侯孝王曰然則能治其民矣乃命魯孝公於夷宮史記魯世家周宣王伐魯殺其君伯御立稱於夷宮是爲孝公注云夷宮宣王祖父夷王之廟古者爵命必於祖廟亦有考叔寤莊稱純左傳鄭莊公寘姜氏于城潁潁考叔聞之有獻於公公從之遂爲母子如初君子曰潁考叔純孝也愛其母施及莊公顯顯李氏實與之倫哀嗟道路涕慕里鄰邦伯章奏稽首懇懃上動帝心旁達明神神錫秘祉三秀靈泉三秀芝草也楚詞山鬼章云采三秀於山間靈泉卽上所云醴泉湧出也帝命荐加亦表其門綂

合上下交贊天人建此碑號億齡揚芬十萬曰億億齡言其無窮也

武岡銘幷序

元和七年四月黔巫東鄙黔音鈐蠻獠雜擾蠻獠西南夷名獠音老又竹絞切亦作簝盜弄庫兵元和六年辰溆蠻酋張伯靖嫉黔中觀察使督歙苛刻因聚衆叛殺長史劫據辰錦諸州連九洞以自固九月以蜀州刺史崔能爲黔中觀察使貶前使竇群爲開州刺史賊脅守帥南鉤牂牁外誘西原漢定西南夷置牂牁郡西原西南夷地名置魁立帥一作伍殺牲盟誓洞窟林麓嘯呼成羣皇帝下

銅獸符漢制郡守置銅虎符竹使符發兵遣至郡合符符合乃聽發兵也符者謂
各分其半右留京師左以與之發庸蜀荆漢南越東甌之師
庸卽上庸縣庸蜀謂劒南東西節度荆謂荆南節度漢謂山南東道節度南越謂廣州節
度東甌謂福建觀察四面討問畏罪憑阻逭逃不即誅
時惟潭部戎師湖南觀察使治潭州也御史中丞柳公
綽練立將校提卒五百屯于武岡武岡紹州縣名不
震不騫如山如林告天子威命明白信順亂
人大恐視公之師如百萬視公之令如風雷
怨號呻吟喜有攸訴投刃頓伏時黔中觀察使崔能荆南

節度使嚴綬及公緯討之三歲不能定綬上
言曰臣今謹以便宜先遣所部將李志烈齎
書喻旨俟其悛心伯靖亦上表請隸荆南乃
降乃獨詔綬招伯靖伯靖果以隸黔六州之
地乞降綬命志烈復往伯靖遂以其家屬詣
秀和等詣江陵就戮詔綬皆授麾下將以撫
之以伯靖爲右威衛翊府中郎將大州平願完父子卒爲忠信奉
職輸賦進比華人無敢不龔母弟生壻繼來
于潭咸致天庭皇帝休嘉式新厥命究渠同
惡革面向化如醉之醒如狂之寧公爲藥石
俾復其性詔書顯異進臨江漢以公緯爲鄂岳觀察使考
公緯傳不書其平伯靜之功豈史逸之耶益兵三倍爲時碩臣殿

于大邦文儒申申有此武功於是夷人始復
聞公之去相與高蹈涕呼哀二十一年左傳齊人歌曰魯人之皋數年不覺使我高蹈注高蹈猶遠行若寒去來昔公不夸首
級爲已能力專務教誨俾邦斯平我老洎幼
由公之仁小不爲虺蜮虺蝮蟲也蜮短狐也似鼈三足○虺許偉切蜮音惑又越偪切大不爲鯨鯢宣十二年左傳古者明王伐不敬取其鯨鯢而封之以爲大戮鯨鯢以諭不義之人恩重事特不邇而遠莫
可追已願銘武岡首以慰我思以昭我鄰一作類以示伐子孫一有彌字億萬年俾我奉國如令

之誠鄰之我懷如公之勤其辭曰

黔山之巑（巑高也音攢）巫水之磻（巫水五溪也磻曲也音盤）魚駭而離獸犯而殘戸恐谷竄披攘仍亂王師來誅（來一作未）斯死以緩公明不疑公信不欺援師定命（援一作授）俾邦克正皇仁天施我反其性我塗四闔公示之門我愚抵死公示之恩既骨而完既亡而存奉公之訓貽我子孫我始蝥賊（詩去其螟螣及其蝥賊釋蟲云食根蝥食節賊○蝥音矛）由公而仁我始冠讐由公而親山畋澤獻（周禮有獻人獻與魚同畋）

音田輸賦于都陶穴刊木詩陶復陶穴書隨山刊木室我姻族烹牲是祀公受介福揲蓍以占揲舌牒切又音舌揲蓍一作折簭公宜百祿皇懋公功陟于大邦謂遷鄂岳遠哉去我誰嗣其良有穴之冊辰州有冊穴有犀之顛匪曰余固公不可賂祝鄰之德恒遵公則昜余之世永謹邦制一作以永邦制南夷作詩刻示來裔

井銘 并序

始州之人謂柳州人各以氍甈負江水氍甈類大甖小口爾

爲一作惟

雅云康瓠謂之甈瓠壺也□甖音鸎甈五計切莫克井飲崖岸峻厚旱則水益遠人陟降大艱雨多塗則滑而顛恒爲咨嗟怨惑訛言終不能就元和十一年三月朔命爲井城北隍上隍城池未晦果寒食洌而多泉易井洌寒泉食洌清也邑人以灌其土堅埴說文云埴堅土也㕣至切□一本作堅丗其利悠久其相者浮圖談康諸軍事牙將米景鑿者蔣晏凡用罰布六千三百周禮廛人掌斂市之罰布注罰布者犯市令者之泉錢行之曰布藏之曰泉役庸三十六大甎千七百其深八尋有

二尺（八尺爲尋）銘曰

盈以其神其來不窮惠我後之人噫疇肯似于政（似續也）其來日新（一作盈以神）

舜禹之事（晏元獻曰此文與下謗譽咸宜等篇恐是傳士章等所作）

魏公子丕由其父得漢禪（音擅）還自南郊謂其人曰舜禹之事吾知之矣（魏黃初元年十一月文帝升壇即祚魏氏春秋曰禮畢帝顧謂群臣曰舜禹之事吾知之矣）由丕以來皆笑之柳先生曰丕之言若是可也嚮者丕若曰

舜禹之道吾知之矣丕罪也其事則信吾見笑者之不知言未見丕之可笑者也凡易姓授位公與私仁與強其道不同而前者忘後者繫其事同使以堯之聖一日得舜而與之天下能乎吾見小爭於朝大爭於野其爲亂堯無以已之何也堯未忘於人舜未繫於人也堯之得於舜也以聖舜之得於堯也以聖兩聖獨得於天下之上柰愚人何其立於朝者放齊猶曰朱啓明（猶一作獨）而況在野者乎堯

知其道不可退而自忘舜知堯之忘已而繫舜於人也進而自繫舜舉十六族去四凶族使天下咸得其人一作仁命二十二人與五教立禮刑使天下咸得其理合時月正曆數齊律度量權衡使天下咸得其用積十餘年人曰明我者舜也齊我者舜也資我者舜也天下之在位者皆舜之人也而堯隤然隤徒回切聾其聰昏其明愚其聖人曰往之所謂堯者果烏在哉或曰耄矣曰匿矣又十餘年其思而

問者加少矣至於堯死天下曰久矣舜之君我也夫然後能揖讓受終於文祖舜之與禹也亦然禹旁行天下功繫於人者多而自忘也晚益之自繫猶是也而啓賢聞於人故不能夫其始繫於人也厚則其忘之也遲不然反是漢之失德久矣其不繫而忘也甚矣宦董袁陶之賊生人盈矣（謂宦官董卓袁紹袁術陶謙也）丕之父擅禍以立強積三十餘年天下之主曹氏而已無漢之思也丕嗣而禪天下得之以爲晚

何以異夫舜禹之事耶然則漢非能自忘也其事自忘也曹氏非能自繫也其事自繫也公與私仁與強其道不同其忘而繫者無以異也堯舜之忘不使如漢不能授舜禹舜禹之繫不使如曹氏不能受之堯舜然而世徒探其情而笑之故曰笑其言者非也問者曰堯崩天下若喪考妣四海遏密八音三載子之言忘若甚然是可不可歟曰是舜歸德於堯史尊堯之德之辭者也堯之老更一世矣

德乎堯者蓋已死矣其幼而存者堯不使之思也不若是不能與人天下

謗譽

凡人之獲謗譽于人者亦各有道君子在下位則多謗在上位則多譽小人在下位則多譽在上位則多謗何也君子宜于上不宜于下小人宜于下不宜于上得其宜則譽至不得其宜則謗亦至此其凡也然而君子遭亂世不得已而在于上位則道必咈于君而利

必及于人由是謗行于上而不及于下故可殺可辱而人猶譽之小人遭亂世而後得居於上位則道必合于君而害必及于人由是譽行于上而不及于下故可寵可富而人猶謗之君子之譽非所謂譽也其善顯焉爾小人之謗非所謂謗也其不善彰焉爾然則在下而多謗者豈盡愚而狡也哉在上而多譽者豈盡仁而智也哉其謗且譽者豈盡明而善褒貶也哉然而世之人聞而大惑出一庸

人之口則羣而郵之（郵謂如置郵之傳也）且置於遠邇莫不以爲信也豈唯不能褒貶而已則又蔽於好惡奪於利害吾又何從而得之耶孔子曰不如鄉人之善者好之其不善者惡之善人者之難見也則其謗君子者爲不少矣其謗孔子者亦爲不少矣傳之記者叔孫武叔時之貴顯者也其不可記者又不少矣是以在下而必困也及乎遭時得君而處乎人上功利及於天下天下之人皆歡而載之向之

謗之者今從而譽之矣是以在上而必彰也或曰然則聞謗譽于上者反而求之可乎曰是惡可無亦徵其所自而已矣其所自善人也則信之不善人也則勿信之矣苟吾不能分於善不善也則已耳如有謗譽乎人者吾必徵其所自未敢以其言之多而舉且信之也其有及乎我者未敢以其言之多而榮且懼也苟不知我而謂我盜跖之石切吾又安取懼焉取一作敢苟不知我而謂我仲尼吾又安取

榮焉知我之善不善非吾果能明之也要必自善而已矣

咸宜遭興運而爵位遇亂世而誅戮揶子咸以爲宜使居爵位而皆賢被誅戮而皆不肖胡爲不宜哉然世亦有如劉文靜裴寂之徒當李唐之興非有卓絕之姿而尸天之功卒之被躁妄誅被妖言作有愧於蕭曹之輔漢遭興運而爵位皆謂之宜可乎世又有如陳蕃孔融之徒當東漢之末竇后臨朝曹節王甫諂諛得幸陳仲舉以名賢秉政爲黃門所困卒死於躑躅曹孟德以鬼蜮之姦謀遷漢鼎孔文舉直論乖忤終以積嫌追繫而棄市

興王之臣多起汙賤人曰幸也亡王之臣多遇亂世而誅戮者皆謂之宜可乎死寇盜人曰禍也余咸宜之當兩漢氏之始屠販徒隸出以爲公侯卿相無他焉彼固公侯卿相器也遭時之非是以詘獨其始之不幸非遭高光而以爲幸也漢晉之末公侯卿相刼戮困饑伏墻壁閒以死無他焉彼固刼戮困饑器也遭時之非是以出獨其始之幸非遭卓曜而後爲禍也卓曜謂董卓劉曜彼困於昏

亂伏志氣屈身體以下奴虜平難澤物之德不施于人一得適其傣傣向也其進晚爾而人猶幸之彼伸於昏亂抗志氣肆身體以傲豪傑殘民興亂之技行於天下一得適其傣其死後耳而人猶禍之悲夫余是以感宜之

鞭賈

此篇端以諷空空於內者賈技於朝求過其分而實不足賴云以老芉爲伏神以柂柂爲僞鞭子厚之作意在憤世嫉邪耳然子厚所談者不外乎堯舜姬孔之道柰何乃以伊周管葛輕譽當路小人自取敗咎言行相反如是而罪市人鬻者之欺子厚

眞欺人耶

市之鬻鞭者人問之其賈宜五十孟子布帛長短同則賈相若賈音嫁。必曰五萬復之以五十則伏而笑以五百則小怒五千則大怒必以五萬而後可有富者子適市買鞭出五萬持以夸余視其首則拳蹙而不遂視其握則蹇仄而不植其行水者一去一來不相承其節朽黑而無文一本有材字搯之滅爪而不得其所窮爪按曰搯。搯乞洽切舉之翲然若揮虛焉翲飛也紕招切余曰子何取於是而不愛五萬曰吾愛其黃而澤且賈者云余乃召僮爚湯以濯之爚溫也音籥則遫然枯遫音速蒼然白嚮之黃者梔也梔木實可以染黃音支澤者蠟也富者不悅然猶持之三年後出東郊爭道長樂坂下坂坡也音反焉相踶踶蹋也莊子怒則分背相踶踶徒計切因大擊鞭折而爲五六馬踶不已墜於地傷焉視其內則空空然其理若糞壤無所賴者今之梔其貌蠟其言以求賈技於朝一有者字賈音古當其分則善一誤而過其分則

喜當其分則反怒曰余爲不至於公卿然而至焉者亦良多矣吾無事雖過三年不害當其有事驅之於陳力之列以御乎物以夫空空之内糞壤之理而責其大擊之効惡有不折其用而獲墜傷之患者乎一無者字

吏商

聖賢之道行之以誠區區名利一切處之以無心子厚爲廉將以爲商使天下之廉者皆執是説以要科禄則必有獘車羸馬惡衣菲食以沽名譽者多矣率天下以爲僞未必不自斯説啓之也

錢重曰得椒文善本云吏化商也吏而商

吏而商也汙吏之爲商不若廉吏之商其爲利也博汙吏以貨商資同惡與之爲曹（資藉也）大率多減耗役傭工貰舟車射時有得失取貨有苦良（周禮辨其苦良）盜賊水火殺敓焚溺之爲患（敓與奪同）幸而得利不能什一二身敗祿奪大者死次貶廢小者惡終不遂（者一作名）汙吏惡能商矣哉廉吏以行商（行下孟切其行並同）不役傭工不貰舟車無資同惡減耗時無得失貨無良苦盜賊不得殺敓水火不得焚溺利愈多名

愈尊身富而家強子孫菉光菉大也音祿是故廉
吏之商博也苟修嚴潔白以理政由小吏得
爲縣由小縣得大縣由大縣得刺小州其利
月益各倍其行不改又由小州得大州其利
月益三之一其行又不改又由大州得廉一
道廉察也其利月益之三倍不勝富矣苟其行
又不改則其爲得也夫可量哉雖赭山以爲
章赭赤也章猶伐也史記山居千章之材是也○赭音者涸海以爲鹽
涸竭也未有利大能若是者然而舉世爭爲貪

商以故貶吏相逐於道百不能一遂人之知謀好邇富而近禍如此悲夫或曰君子謀道不謀富子見孟子之對宋牼乎（牼口莖切）何以利爲也（孟子謂宋牼曰爲人臣者懷利以事其君爲人子者懷利以事其父是君臣父子兄弟終去仁義懷利以相接然而不亡者未之有也）柳子曰君子有二道誠而明者不可教以利明而誠者利進而害退焉吾爲是言爲利而爲之者設也或安而行之或利而行之及其成功一也（禮記中庸之文）吾哀夫没於利者以亂人而自敗也姑設

是廢由利之小大登進其志幸而不撓乎下撓女巧切以成其政交得其大利吾言不得已爾何暇從容若孟子乎孟子好道而無情其功緩以疏未若孔子之急民也

東海若

作与淨土堂記相表裏旨意在永州可見矣

東海若陸遊登孟諸之阿東海若東海神名孟諸澤名按書導菏澤被孟諸注在河東北漢地理志孟諸在梁國睢陽縣東北周禮作望諸得二瓠焉瓠匏也胡故切刳而振其犀以嬉犀瓜瓣詩云齒如瓠犀是也○刳丘胡切取海水雜糞壤蟯蚘而實之蟯蚘人腹中蟲

而

蟯如消切蚘音尤又音回臭不可當也窒以密石舉而投之海逾時焉而過之曰是故棄糞耶其一徹聲而呼曰我大海也東海若呀然笑曰呀然笑貌○呀虛牙切怪矣今夫大海其東無東其西無西其北無北其南無南旦則浴日而出之夜則滔列星涵太陰太陰月也揚陰火珠寶之光以爲明其塵霾之雜不處也霾音埋必泊之西澨音誓故其大也深也潔也光明也無我若者今汝海之棄滴也而與糞壤同體臭朽之與曹蟯

蚝之與居其狹咫也八寸曰咫又冥瞎若是而同之海不亦益而可憐哉子欲之乎吾將爲汝抉石破𥕦盪辟穢於大荒之島盪音蕩而同子於向之所陳者可乎糞水泊然不悅曰我固同矣吾又何求於若吾之性也亦若是而已矣穢者自穢不足以害吾潔狹者自狹不足以害吾廣幽者自幽不足以害吾明而穢亦海也狹亦海也幽亦海也㝎然而往于然而來孰非海者子去矣無亂我其一聞若之言

號而祈曰吾毒是久矣吾以爲是固然不可
異也今子告我以海之大又目我以故海之
棄糞也吾愈急焉涌吾沫不足以發其窒旋
吾波不足以穴瓠之腹也就能之窮歲月耳
願若幸而哀我哉東海若乃抉石破瓠投之
孟諸之陸盪其穢於大荒之島而水復於海
盡得向之所陳者焉而向之二者終與臭腐
處而不變也今有爲佛者二人同出於毗盧
遮那之海而泊於五濁之糞而幽於三有之

[illegible]而窒於無明之石而雜於十二類之蹺[illegible]十二類謂子爲鼠丑爲牛之類人有問焉其一人曰我佛也毗盧遮那五濁三有無明十二類皆空也一也無善無惡無因無果無脩無證無佛無衆生皆無焉吾何求也問者曰子之所言性也有事焉夫性與事一而二二而一者也子守而一定一有則字大患者至矣其人曰子去矣無亂我其一人曰嘻吾毒之久矣吾盡吾力而不足以去無明窮吾智而不足以超三有離

五濁而興夫十二類也就能之其大小刼之多不可知也若之何問者乃爲陳西方之事使修念佛三昧一空有之說於是聖人憐之接而致之極樂之境而得以去群惡集萬行居聖者之地同佛知見矣向之一人者終與十二類同而不變者也夫二人之相遠也（一遠作違）不若二瓢之水哉今不知去一而取一甚矣

河東先生集卷第二十

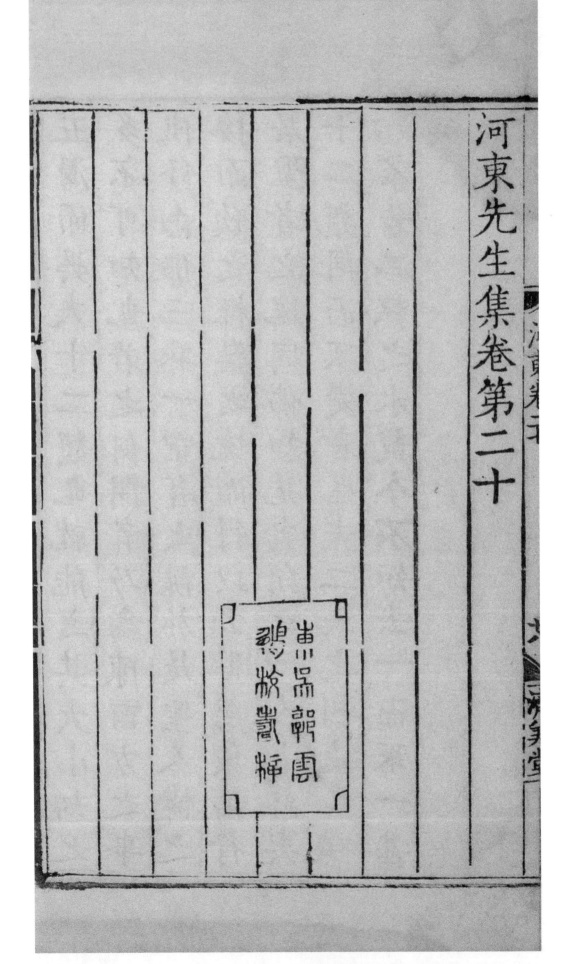

題

序上

共二十

河東集二十一〜四

◎

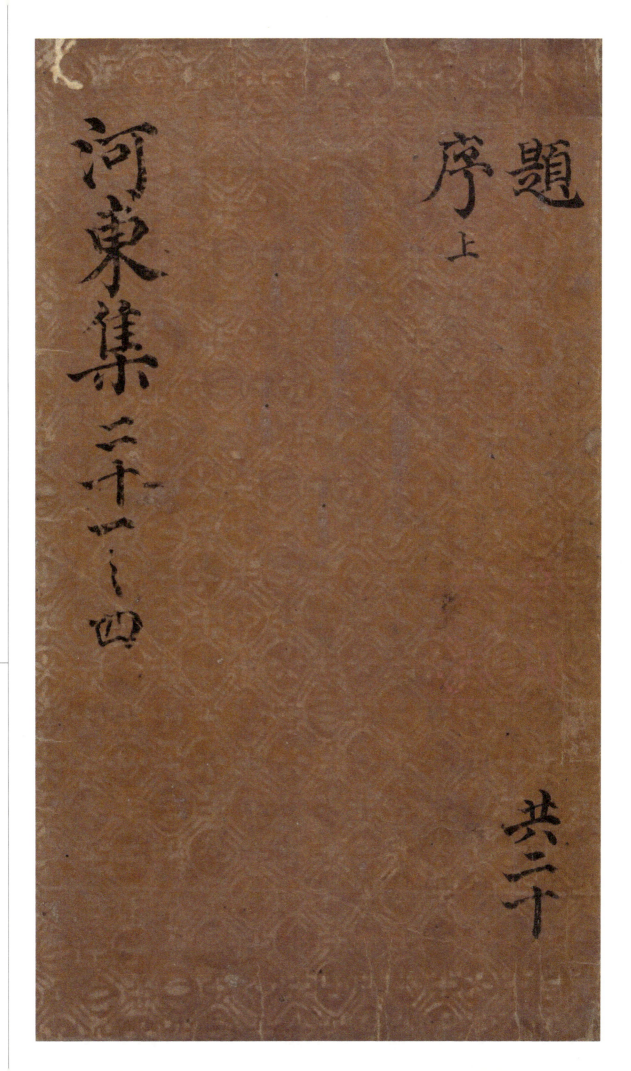

河東先生集卷第二十一

題序

讀韓愈所著毛穎傳後題元和五年十一月公與楊誨之書云足下所持韓生毛穎傳來僕甚奇其書恐世人非之今作數百言知前聖不必罪俳也○退之毛穎傳見韓集三十六卷此不復載

自吾居夷謂為永州司馬不與中州人通書有來南者時言韓愈為毛穎傳不能舉其辭而獨大笑以為怪而吾久不克見楊子誨之來誨之楊憑

之子始持其書索而讀之若捕龍蛇搏虎豹搏擊也急與之角而力不敢暇信韓子之怪於文也世之模擬竄竊取青媲白爾雅媲配也匹詣切肥皮厚肉柔筋脆骨而以爲辭者之讀之也其大笑固宜且世人笑之也不以其俳乎說文俳戲也音排而俳又非聖人之所棄者詩曰善戲謔兮不爲虐兮此詩淇澳之辭太史公書有滑稽列傳滑亂也稽同也言辨捷之人言非若是言是若非言能亂同異也滑字音骨稽字音雞皆取乎有益於世者也故學者終日討說荅問

呻吟習復應對進退擲溜播灑擲音菊溜力救切則
罷憊而廢亂罷音疲憊蒲拜切故有息焉游焉之說
禮記之文不學操縵不能安絃禮記之文注云操縵雜弄也○操七
刀切絃一作弦有所拘者有所縱也大羹玄酒禮記大羹
不和注云大羹肉汁也不加鹽梅玄酒在室注云玄酒明水蓋陰鑒所取之水也體
節之薦體謂全體節謂折節味之至者而又設以奇異
小蟲水草樝梨橘柚樝似梨而酢橘柚似橙而酢○樝音查苦
鹹酸辛雖螫吻裂鼻螫蟲螫也音哲吻無悶切縮舌澁齒
而咸有篤好之者文王之昌蒲葅呂氏春秋云文王嗜

奇

昌蒲菹孔子聞而効之縮頞而食之三年然後勝之○菹側魚切亦作葅屈到之芰楚屈到嗜芰有疾召宗老屬之曰祭我必以芰見國語○芰音技曾晳之羊棗孟子曾晳嗜羊棗而曾子不忍食羊棗晳曾點字然後盡天下之○味以足於口獨文異乎韓子之爲也亦將弛焉而不爲虐歟禮記張而不弛文武不爲也詩不爲虐兮○虐呼謔切息焉游焉而有所縱歟盡六藝之奇味以足其口歟而不若是則韓子之辭若壅大川焉其必決而放諸陸國語防民之口甚於防川川壅而潰傷人必多不可以不陳也且凡古今是非六藝百家大

細穿穴用而不遺者毛穎之功也韓子窮古書好斯文嘉穎之能盡其意故奮而爲之傳以發其鬱積而學者得之勵其有益於世歟是其言也固與異世者語而貪常嗜瑣者瑣細也猶呫呫然動其喙呫呫多言貌他協切喙呼惠切彼亦甚勞矣乎

裴墐崇豐二陵集禮後序墐嘗爲萬年令公亦誌其墓碣謂其撰崇豐二陵集禮藏之南閣如序所言曰墐音僅又渠巾切

傳曰詩書執禮論語之文禮不執則不行一無禮執二字
自開元制禮大臣諱避去國恤章而山陵之
禮遂無所執世之不學者乃妄取預凶事之
說而大典闕焉周禮五禮吉凶賓軍嘉也唐初從凶禮第五顯慶三年正
月許敬宗李義府上所修新禮以爲凶事非臣子所宜言去國卹一篇自是天子凶禮遂
闕國有大故則臨時採掇附比以從事事已則諱而不傳故後世無考由是累
聖山陵皆摭拾殘缺附比倫類已乃斥去其
後莫能徵永貞元和閒天禍仍遘貞元二十一年正月
德宗崩元和元年正月順宗崩自崇陵至于豐陵不能周歲

永貞元年十月德宗葬崇陵元和元年七月順宗葬豐陵司空杜公由太常相天下貞元二十年杜黃裳相元和二年罷其後檢校司空遂爲禮儀使擇其僚以備損益於是河東裴墐裴墐字封叔河東聞喜人以太常丞隴西辛秘以博士用焉秘貞元中擢明經第其學於禮家尤治高郢內之爲太常卿矣爲主簿再辟禮儀使府則攢塗秘器攢積木以殯也漢舊儀云東園祕器作棺梓素木長二丈崇廣四尺口攢徂丸切通作欑象物之宜謂塗車芻靈之屬外之則復土斥上漢文紀張武爲復土將軍復土謂穿壙下棺已而實之即以爲墳故云復土復反也漢惠紀賜視作斥上者將軍四十金服虔云斥上壙上如淳曰斥開也開土地

爲冢壙故以開斥言之因山之制（漢文賛治霸陵因其山不起墳）上之則顧命典冊（顧命臨終之命謂遺詔也）與文物以受方國方（一作萬）下之則制服節文須憲則以示四方由其肅恭禮無不備（晏本下且字作具字）且苞弁總統千載之盈縮羅絡旁午百氏之異同捜揚翦截而畢得其中顧問闕決而不悖於事議者以爲司空公得其人而邦典不墜裴氏乃悉取其所刊定及奏復于上辨列于下聯百執事之儀以爲崇豐二陵集禮藏之于太常書閣

君子以爲愛禮而近古焉者或無近字或無者字或無而古二字昔常孟以詩禮傳楚而郊廟之制卒正於玄成常孟彭城人爲楚元王傳作詩諷諫自孟至賢五世賢子玄成字少翁以父任爲郎元帝時奏罷郡國廟鄭玄以箋註師漢而禪代之儀卒集于小同玄字康成北海高密人注周易尚書毛詩儀禮禮記論語孝經尚書大傳中候乾象曆等孫小同仕魏高貴鄉公崇三老五更以小同爲五更車駕躬行古禮焉賈誼以經術起而嘉最好學賈誼年少頗通諸家之書文帝召爲博士後爲梁王太傅死漢武初立舉誼孫二人至郡守嘉最好學能世其家盧植以儒學用而諶爲祭法植字子幹涿郡人事後漢

爲北中郎將作尚書章句禮記解詁五世孫
諶字子諒事晉爲中書侍郎撰祭法注莊子
行世於舊史咸以爲榮今裴氏太尉公謂瑾之高祖行
儉也以禮臣義嗣侍中公以禮議封禪謂瑾之曾祖光
庭也開元十三年玄宗將封泰山恐突厥入
寇光庭爲兵部侍郎言於宰相張說云云說
奏行之祠部公以禮承大事謂瑾之祖稹也累官起居郎開元末
玄宗以壽王瑁母寵欲立爲太子稹陳中
生戾園之禍以諫上謝之遷祠部員外郎大
理公謂瑾之父徽也字九思官至大理卿以禮輔東宮而瑾也
以禮奉二陵又能成書以充其闕其爲愛禮
近古也源遠乎哉瑾字封叔其伯仲咸以文

學顯於世裴儆有四子堅墐瑱塤皆有文學大理之兄正平節公稹子倩字容卿以儀範成家道以文雅經邦政倩代第五琦爲度支郎中今相國鄖公其宗子也倩子均字君齊元和三年九月同平章事封鄖國公鄖公以孝友勤勞揚于家邦一無揚字遊其門若聞韶頀入其廟如至鄒魯恩溢乎九族禮儀乎他門則封叔之習禮也其出於孝悌歟成書也其本於忠敬歟由於家而達於邦國其取榮於史氏也果矣

郴宗直西漢文類序公嘗誌宗直殯謂其撰漢書文

章爲四十卷歌謡言議纖悉備具連累貫統好文者以爲工此

序盖公在永未召時作

左右史混久矣言事駁亂禮記玉藻動則左史書之言則右史書之事即動也○駁字音剥尚書春秋之旨不立書以紀言春秋以紀事自左丘明傳孔氏謂左氏爲春秋傳也太史公述歷古今合而爲史司馬遷自序曰卒述陶唐以來至于麟止自黄帝始著十二本紀作十表八書三十世家七十列傳凡百三十篇五十二萬六千五百字爲太史公書○一有記字迄于今交錯相紛音糾莫能離其說獨左氏國語紀言不叅於事戰國策春秋後

語（晉孔衍字舒元以戰國策所書爲未盡善乃引太史公所記參其同異刪彼二家聚爲一録號春秋後語）頗本右史尚書之制然無古聖人蔚然之道大抵促數耗矣（耗不明也莫報切）而後之文者寵之（寵一作襲）文之近古而尤壯麗莫若漢之西京班固書傳之吾嘗病其畔散不屬（之欲切）無以考其變欲采比義會年長疾作駑嗑愈日甚未能勝也幸吾弟宗直（宗直字正夫公之從父弟也元和十一年從公至栐而卒年三十三）愛古書樂而成之搜討磔裂（磔陟格切）擿摭融結（說文云擿摭拾也博雅云取也擿俱運切摭之）

石切離而同之與類推移不易時月而咸得從其條貫森然炳然若開群玉之府穆天子傳癸巳至於群玉之山先王之所謂策府注云言往古帝王以藏書策之府指揮聯累圭璋琮璜之狀周禮六幣圭以馬璋以皮璧以帛琮以錦琥以繡璜以黼說文圭瑞玉也上員下方剡上爲圭半圭爲璋琮大八寸似車釭璜半璧〇璋音章璜音黃琮徂攻切各有列位不失其序雖第其價可也以文觀之則賦頌詩歌書奏詔策辯論之辭畢具以語觀之則右史紀言尚書戰國策成敗興壞之說大備無不苞也噫是可以爲學者

之端耶（一無之字）始吾少時有路子者自贊爲是書吾嘉而叙其意而其書終莫能具卒俟宗直也故删取其叙繫于左以爲西漢文類首紀殷周之前其文簡而野魏晉以降則盪而靡得其中者漢氏漢氏之東則既衰矣當文帝時始得賈生明儒術武帝尤好焉而公孫弘董仲舒司馬遷相如之徒作風雅益盛敷施天下自天子至公卿大夫士庶人咸通焉於是宣於詔策達於奏議諷於辭賦傳於歌

謡由高帝訖于哀平王莽之誅四方之文章盖爛然矣史臣班孟堅修其書拔其尤者充于簡册則二百三十年間列辟之達道（列辟人主）也名臣之大範賢能之志業黔黎之風美列焉若乃合其英精（一作菁）離其變通論次其叙位必俟學古者興行之唐興用文理（一作章）貞元間文章特盛本之三代浹于漢氏（浹即協切）與之相準於是有能者取孟堅書類其文次其先後爲四十卷

楊評事文集後序楊君凌也先友記云楊氏兄弟者洪農人憑由江南西道入爲散騎常侍凝以兵部郎中卒凌以大理評事卒用知評事之爲凌也審矣唐書云凌終侍御史誤也

贊曰文之用辭令褒貶導揚諷諭而已雖其言鄙野足以備於用然而闕其文采固不足以竦動時聽夸示後學立言而朽君子不由也故作者抱其根源而必由是假道焉作於聖故曰經述於才故曰文文有二道辭令褒貶本乎著述者也導揚諷諭本乎比興者也

著述者流蓋出於書之謨訓易之象系春秋之筆削其要在於高壯廣厚詞正而理備謂宜藏於簡冊也比興者流蓋出於虞夏之詠歌殷周之風雅其要在於麗則清越揚子詩人之賦麗以則則謂靡麗而有法則禮記其聲清越而長言暢而意美謂宜流於謠誦也茲二者考其旨義乖離不合故秉筆之士恒偏勝獨得而罕有兼者焉厥有能而專美命之曰藝成雖古文雅之盛世不能並肩而生唐興以來稱是選而不作者梓潼

陳拾遺陳子昂梓州射洪人嘗爲右拾遺唐興文章承徐庾餘風天下祖尚子昂始變風雅正其後燕文貞以著述之餘攻比興而莫能極張說說封燕國公諡文貞朝廷大述作多出其手其文屬思精壯世所不逮說歿後帝使就家録其文行於世張曲江以比興之隟與隙同窮著述而不克備張九齡韶州曲江人開元後天下稱曲江公而不名云一本窮字下有作者二字其餘各探一隅相與背馳於道者其去彌遠文之難兼斯亦甚矣若楊君者少以篇什著聲於時其炳燿尤異之詞諷誦于文人盈滿于江湖達于京師晚節偏悟

文體尤邃叙述學富識遠才涌未已其雄傑老成之風與時增加既獲是不數年而天其季年所作尤善其爲鄂州新城頌諸葛武侯傳論餞送梓潼陳衆甫汝南周愿河東裴泰（貞元十八年爲安南都護）泰武都符義府（符一作何）太山羊士諤（元和三年士諤貶資州刺史）隴西李錬凡六亭廬山禪居記辭李常侍啓遠遊賦七夕賦皆人文之選已用是陪陳君之後其可謂具體者歟嗚呼公既悟文而疾既即功而廢廢不逾年大

病及之卒不得窮其工竟其才遺文未克流于世休聲未克充於時凡我從事於文者所宜追惜而悼慕也宗元以通家脩好幼獲省謁故得奉公元兄命論次篇簡遂述其制作之所詣以繫于後

濮陽吴君文集序據傳吴武陵信州人元和初擢進士第不書其父之名與文唯載初柳宗元謫永州而武陵亦坐他事流永宗元賢其才與序所言皆合

博陵崔成務嘗爲信州從事爲余言邑有聞

人濮陽吳君吳君系本濮陽後居信州弱齡長鬣而廣顙

春秋傳使長鬣者謂長須也好學而善文居鄉黨未嘗不

以信義交於物教子弟未嘗不以忠孝端其

本以是鄉相賢士率與亢禮余嘗聞而志乎

心會其子偘去聲又口旱切與侃同更名武陵升進士

元和二年武陵登第得罪來永州元和三年武陵坐事流永州因奉

其先人文集十卷再拜請余以文冠其首余

得偏觀焉其爲詞賦有戒苟冐陵僭之志其

爲詩歌有交王公大人之義其爲誄誌弔祭

有孝恭慈仁之誠而多舉六經聖人之大旨發言成章有可觀者古之司徒必求秀士由鄉而升之天官禮記王制司徒命鄉論秀升之司徒曰選士論選士之秀者而升之學曰俊士周禮鄉大夫獻賢能之書于王王拜而受之登于天府古之太史必求人風陳詩以獻于法宮王制命太師陳詩以觀民風然後材不遺而志可見近世之居位者或未能盡用古道故吳君之行不聞而其辭不薦雖一命于王而終伏其志伏一作大嗚呼有可惜哉一無有字武陵又論次誌傳三卷繼于末

其官氏及他才行甚具云（武陵終韶刺史無子女汭湘）

王氏伯仲唱和詩序

僕聞之世其家業不隕者（隕羽敏切）雖古猶今也（今一作之）一求之於今而有獲焉王氏子某與余通家代爲文儒自先天以來（先天睿宗年號元年歲在壬子）策名聞達秉毫翰而踐文昌（武后光宅元年九月以尚書省爲文昌臺一本無毫字）登禁掖者紛綸華耀繼武而起士大夫掉鞅於文囿者（宣十六年左傳御下兩馬掉鞅而還注掉正也○掉徒弔切鞅字音養）咸不得攀而倫之乙亥歲（貞元十一）

（年也）某自南徐來（南徐潤州宋置南徐州）執文既予詞有遠致又著論非班超不能讀父兄之書（讀一作續）而乃微狂疾之功以爲名（微古堯切）吾知其奉儒素之道專矣間以兄弟嗣來京師會于舊里若璩瑒在魏（後漢應奉字世叔有子珣爲司空掾珣子璩字休璉璩兄瑒字德璉魏書應瑒弟璩咸以文章顯○璩音渠瑒徒郎切集韻仗梗切又丑亮切）機雲入洛（吳大司馬陸抗二子機字士衡雲字士龍晉太康末俱入洛造司空張華華曰伐吳之役利在二儁晉書二陸入洛三張減價）由是正聲迭奏雅引更和播塤篪之音韻（塤音喧篪陳之切）調律呂之氣

◎

候穆然清風詩吉甫作頌穆如清風發在簡素文章之冑曷能及茲況宗兄握炳然之文一無然字以賛關石貞元十年十一月以浙西觀察使王緯爲諸道鹽鐵轉運使書關石和鈞漢書三十斤爲鈞四鈞爲石爲冠銀章榮映江湖則嚮時之美談必復其始左傳公侯之子孫必復其始某也謂余傳卜氏之學宜叙于首章卜子夏作詩序操斧於班郢之門班公輸班也郢莊子云運斤成風者斯强顔耳詩凡若干首

東吳郭雲鵬校壽梓

河東先生集卷第二十一

河東先生集卷第二十二

序

送楊凝郎中使還汴宋詩後序 楊凝字茂功虢州弘農人大曆十三年進士初以吏部郎中爲宣武軍判官貞元十二年自汴朝正于京師昌黎嘗作天星行以送其來今自京還汴公作此序以送其往云

談者謂大梁宣武軍古大梁之地多悍將勁卒悍音旱亟就猾亂猾亦亂也音滑亟去吏切而未嘗底寧控制之術難乎中道蓋以將驕卒暴則近憂且至非所

以和衆而乂民也將誅卒削則外虞實生非所以扞城而固圉也詩公侯干城干扞也左傳亦聊以固吾圉圉邊垂也是宜慰薦煦諭煦火羽吁句二切納爲腹心然後威懷之道備聖上於是撫以表臣贊以藝人書大都小伯藝人表臣表臣表幹之臣藝人道藝之人貞元十一年七月以董晉爲宣武軍節度是撫以表臣也八月以楊凝檢校吏部郎中汴宋亳潁觀察判官是贊以藝人也參剛柔而兩用化逆順而同道既去大憝書元惡大憝憝亦惡也遂安有衆故楊公以謀議之隟隟與隙同對揚王庭貞元十四年冬疑朝正京師不踰時而承詔

復命十五年春凝還汴示信于外諸侯時當朝之羽儀凡同官之寮屬皆餞焉容受童孺公時年二十七使在末位禮部郎中許公孟容以宏才輿學已任文字顧唱在席咸斷章而賦焉謂工部郎中崔公崔羣文爲時雄允宜首序謂小子預離觴之餘瀝俾撰後序編以繼之大凡軍旅之制贊佐之重崔公序之備矣膺命受簡欲默不敢故書談者之辭拜手以獻用古充餘篇云

送崔羣序羣字敦時唐史有傳

貞松產於巖嶺貞正也高直聳秀條暢碩茂粹
然立於千仞之表八尺曰仞和氣之發也禀氣和
之至者必合以正性於是有貞心勁質用固
其本禦攘氷霜以貫歲寒孔子曰歲寒然後知松柏之後凋也
故君子儀之儀法也清河崔敦詩敦詩系出清河有柔
儒温文之道以和其氣近仁復禮子曰克已復禮爲仁
物議歸厚其有禀者歟有雅厚直方之誠以
正其性懿論忠告交道甚直其有合者歟是
故曰章之聲禮記君子之道闇然而日章振於京師嘗與

隴西李杓直李建字杓直杓畢由切南陽韓安平韓泰字安平洎予交友杓直敦柔深明冲曠坦夷慕崔君之和安平厲莊端毅高朗振邁說崔君之正余以剛柔不常造次爽宜爽差也求正於韓襲和於李就崔君而考其中焉忘言相視默與道合今將寧覲東周東周謂洛陽振策于邁詩無小無大從公于邁且餞于野或命爲之序余於崔君有通家之舊外黨之睦然吾不以是合之崔君以文學登于儀曹貞元八年羣試禮部中其科敭于王

庭駁音楊甲俊造之選首讐校之列貞元十年羣舉賢良方正授秘書郎然吾不以是視之於其序也載之其末云

送邠寧獨孤書記赴辟命序

僕聞歲間如字近也驟遊邠壇邠壇邠邠州之界○驟鉏救切邠音彬壇與疆同令戎帥楊大夫時爲候奄楊朝晟字叔明爲邠寧節度使韓遊瓌都虞候成十八年左傳張老爲候奄盡護群校校者以木爲欄格軍部用之故軍尉皆以校爲名用管法箠令不吐強禦詩柔亦不茹剛亦不吐侮鰥寡不畏強禦不下莫有逗撓凌暴而犯

令者沉斷壯勇專志武力出麾下麾大將之旗漢書多作戲取主公之節鉞而代之位游瓌御士寬軍驕張獻甫來代軍遂亂衆脅監軍請以范希朝爲節度朝晟斬首惡首者百餘人獻甫遂入朝晟加御史大夫貞元九年獻甫卒以朝晟爲邠寧節度使鶡冠者仰而榮之鶡冠武士之冠也鶡勇雉也其鬬一對死乃止胡趙武靈王以表武士秦施之焉徐廣云鶡似黑雉出上黨音曷上令又能旁貴文雅以符召文士之秀者河南獨孤寧貞元十一年登第署爲記室俾職文翰翕然致得士之稱於談者之口蓋朝廷以勇爵論將帥襄二十一年左傳齊莊公爲勇爵值綽郭最欲與焉豈

濫也哉獨孤生與仲兄寔連舉進士貞元之七年寔舉進士並時管記於漢中新平二連帥府寔爲山南西道節度嚴震掌書記新平郡即邠州俱以筆硯承荷舊德位未達而榮如貴仕其難乎哉噫自犬戎陷河右逼西鄙廣德元年七月吐蕃入大震關取河西隴右之地積兵備虞縣道告勞內匱中府太倉之蓄僅而獲饜投石而賈勇者思所以奮力論者以爲天子且復河壖故疆河壖淅地壖而宣切○拓達西戎拓音託而罷諸侯之兵則曳裾戎幕之下專弄文墨

爲壯夫捧腹甚未可也吾子歷覽古今之變而通其得失是將植密畫於借箸之宴發群謀於章奏之筆上爲明天子論列熟計而導揚威命然後談笑罇俎賦從軍之樂魏建安二十年曹公西征張魯降之王粲作詩美其事畧云從軍有苦樂但問所從誰移書飛文諭告西土刼脅之伍俾其簞食壺漿犒迎王師在吾子而已往愼辭令使諭蜀之書漢武帝時唐蒙通夜郎棘中民大驚恐上使司馬相如責蒙因以文告諭巴蜀民以非上意燕然之文漢和帝時竇憲破北匈奴登燕然山刻石勒功紀漢威德令班固作

銘炳列于漢史真可慕也不然是瑣瑣者惡足置齒牙間而榮吾子哉

同吴武陵送前桂州杜留後詩序公讁

永州時吴武陵亦坐事流永此序云同吴武陵當作于永也

觀室者觀其隅隅隅廉隅之巍然直方以固則其中必端莊宏達可居者也人孰異夫是今若杜君之隅可觀杜君名周士貞元十七年中進士第而中可居居之者德也贊南方之理理是以大總留府之政爲桂管觀察留後政是以光其道不撓好古

書百家言洋洋滿車行則與俱止則相對積爲義府（左傳詩書義之府）溢爲高文懿而和肆而信豈詩所謂抑抑威儀惟德之隅者耶（詩大雅抑之文）今往也有以其道聞于天子天子唯士之求爲急杜君欲辭爭臣侍從之位其可得乎濮陽吳武陵直而甚文樂杜君之道作詩以言余猶吳也故於是乎序焉

送寧國范明府詩序

近制凡得仕於王者歲登名于吏部吏部則

必參其等列分而合之率三十人以爲曹謂之甲名書爲三其一藏之有司其二藏之中書洎門下毎大選置大考績必闗决會驗而視其成（成謂成事品式）有不合者下有司罷去甚衆由是吏得爲姦以立威賊知以弄權詭竊竄易（詭古委切 竄取亂切）而莫示其實必求端慤而習於事辯達而勤其務者命之官而掌之居三年則又益其官而後去其職（益遷也）有范氏傳眞者始來京師近臣多言其美宰相聞之用以

人

爲是職在門下甚獲休問初命京兆武功尉既有成績復於有司爲宣州寧國令咸曰由邦畿而調者命東西部尉以爲美仕范生曰不然夫仕之爲美利乎人之謂也與其給於供備孰若安於化導故求發吾所學者施於物而已矣夫爲吏者人役也役於人而食其力可無報耶今吾將致其慈愛禮節而去其欺僞凌暴以惠斯人而後有其祿庶可平吾心而不愧於色苟獲是焉足矣季弟爲殿中

侍御史（舊史范傳正傳言自渭南尉拜監察殿中侍御史時又有范傳式傳規皆中第）以是言也告於其僚（公時爲監察御史與傳正爲僚）咸悅而尚之故爲詩以重其去而使余爲序

送辛南容歸使聯句詩序（南容洪州人）

昔漢室方盛文章之徒合于京師亦既充金馬（一有盈字）石渠（公孫洪傳待詔金馬門楊雄傳歷金門上玉堂顏師古云金門金馬門也施讎傳與五經諸儒雜論同異於石渠閣顏師古云石渠在未央殿北以此藏秘書也史記金馬門宦者署門旁有銅馬故曰金馬門漢時賢良待詔於此三輔故事曰石渠閣在大祕殿以閣祕書蕭何所造班固作西都賦云內設金馬石渠之署）則又

溢于諸侯求達其道故枚乘客于吳（西漢淮陰人枚乘爲吳王濞郎中）相如遊于梁（司馬相如字長卿景帝時以貲爲郎梁孝王來朝從游說之士鄒陽枚乘嚴忌之徒相如見而說之因病免客游梁）其或致書匡主用極其志節之大者也（謂濞謀逆乘奏書諫）適時觀變以成其性道之茂者也（謂相如也）渤海辛君既登于太常之籍（貞元元年南容中進士第）又膺邯鄲之召（邯鄲趙地屬魏博節度府）址會元戎直道自達吾儕罷其畧南聘天朝相禮述職（孟子諸侯朝於天子曰述職）公卿多其儀合度於易于之間（禮記檀弓諸侯之來辱敝

邑者易則易于則于易于雜者未之有也易謂君禮于謂臣禮雖枚生之節長卿之道無以尚也冬十有二月朝右禮備復于轅門項羽紀諸侯將入轅門張晏注云軍行以車爲陣轅相向爲門故曰轅門我同升之友南客與公同登進士第是用榮其趣舍惜其離曠卜茲良夜詠歎其美比詞聯韻奇藻遞發爛若編貝粲如貫珠禮記纍纍乎如貫珠琅琅清響琅音郎交動左右羣公以侍御之徃也予闕其述命繫而序焉

送李判官徃桂州序

士之習爲吏者恒病於少文故給而不肆飾
於華者恒病於無斷故放而不制今李生學
於詩有年矣吟咏風賦頗聞乎人至于是州
永州惟州之牧咨焉以贊戎事而糺群吏甚直
且武豈所謂吏而華者耶以府喪罷去謂刺史崔
君敏卒擇而之乎有禮之邪推是道也以往然
而不際於禮則吾不知也

送苑論登第後歸覲詩序苑音宛

八年冬貞元八年余與馬邑苑言揚論字言揚齊大夫苑何忌

之後聯貢于京師自時而後車必挂轄轄車軸也音衛又音彗席必交袵量其志知其達于昭代究其文辨其勝于太常探而討之則明韜於朴厚之質行浮於休顯之聞遊公卿之間質直而不犯恪謹而不聶交同列之群以誠信聞余拜而兄之以爲執誼而固臨節不奪在兄而已是歲小司徒顧公守春官之缺而權擇士之柄戶部侍郎顧少連權禮部侍郎知貢舉明年春貞元九年同趨權衡之下並就重輕之試觀其掉鞅于術藝

之場宣十二年左傳御下兩馬掉鞅而還註云掉正也鞅覊也○掉徒弔切鞅於掌切遊及乎文翰之林莊子恢恢乎游刃有餘地風雨生於筆札生一作交雲霞發於簡牘左右圖視賈誼言動一親戚天下圜視而起圜視謂圜睛正視也朋儕拱手甚可壯也二月丙子有司題甲乙之科漢儒林傳歲課甲科為郎中乙科為太子舍人丙科補文學掌故揭于南宮南宮禮部余與兄又聯登焉余不厚顏懷媿而陪其遊久矣夏四月告歸荊衡書荊及衡陽惟荊州拜手行邁輪移都門之轍轅指秦嶺之路秦嶺南山方將高堂稱慶里閈

更賀說文閈閭也音翰曳裾峨冠榮南諸侯之邦遐登王粲之樓高視劉表之榻董卓作亂王粲避難荊州依劉表遂登江陵城樓因懷歸而作賦桂枝片玉晉書郤詵爲雍州刺史武帝於東堂會送問詵曰卿自以爲何如詵曰臣舉賢良對策爲天下第一猶桂林之一枝崑山之片玉先生于家是宜砥商維之阻艱詩周道如砥砥礪石言其平也帶江漢之浩蕩漢史黃河如帶泰山如礪帶江漢者視之如帶也以談笑顧眄超越千里而無倦極也然而景熾氣煥煥乙六切徃即南方乘陵炎雲呼吸温風可無敬乎慎進藥石保安其躬是亦非

兄之所宜私也羣公追餞于霸陵列筵而觴送遠之賦圭璋交映或授首簡於余曰子得非知言揚者乎（一無得字）安得而默耶余受而書之編于羣玉之右非不知讓貴傳信焉爾

送蕭鍊登第後南歸序

始余幼時拜兄於九江郡（九江在唐屬淮南道尚書註江分爲九道也即江州）覩其樂嗜經書慕山藪凝和抱質氣象甚茂雖在綺紈（漢書班伯在綺襦紈袴之間綺細綾紈素也）而私心慕焉厥後竊理文字先禮而冠（禮記二十日弱

冠遇兄於澤宮之中禮記天子將祭必先習射于澤澤者所以擇士也澤宮名觀其德如九江之拜蓋世俗不能移也自是戰藝三北史記管仲三戰三北鮑叔不以爲怯北敗走也左次陋巷余亟亟去易切會于其居視其道如澤宮之遇亦挫抑所不能屈也逾時而名擢太常太常禮部正元十二年禮部侍郎呂渭知貢舉試日五色賦春臺晴望詩錄中第聲動京國士輩仰慕顧眄有耀余獲賀於蔡通儒氏窺其志如陋巷之會又得意所不能遷也君子志正而氣一誠純而分定未嘗標出處

爲二道判屈伸於異門也固其本養其正如斯而已矣吾兄先覺而守道獨立而全和貞確端懿（確克角切）雅不羈俗君子之素也亦既升名天官（天官吏部也）告余東游是將乘商於（商於即今之商州其西二百里有古於城張儀獻商於之地即此）浮漢池歷郢城下武昌復于我始見之地則朋舊之徒含喜來迎宗姻之列加禮以待舟輿所畧賀聲盈耳離羣之思行益少矣僕不腆（腆善也）見邀爲序狂夫之言非所以志君子也自達而已

送班孝廉擢第歸東川覲省序

隴西辛殆庶殆庶與班肅同年進士公亦嘗有序送之猥稱吾文宜叙事晨持縑素以班孝廉之行爲請貞元十七年禮部侍郎高郢知貢舉班肅第一且曰夫人殆所謂吉士也愿而信質而禮言不黷慢黷音讀行不進越其先兩漢間繼脩文儒世其家業班固自序言之詳矣其風流後胤耽學篤志之士耽都含切往往出於其門今夫人研精典墳不告劬勩劬勩勞也上音渠下羊至切屬者舉鄉里登春官獲居其甲焉家于蜀

之東道其嚴君以客卿之位贊是方岳書諸侯朝于方岳此言方岳謂東川節度使爲大夫良今將拜慶寧覲光耀族屬是其可歌也道出于南鄭外王父以將相之重九命赤社爲諸侯師嚴震字遐聞梓州鹽亭人貞元中爲山南西道節度使周禮太宗伯云九命作伯韓詩外傳將封諸侯各取其方色土苴以白茅爲社今又將亟駕省謁從容燕喜詩魯侯燕喜是又可歌也故我與河南獨孤申叔申叔字子重趙郡李行純行敏等行敏字中明若干人皆歌之矣若乃序者固吾子宜之柳子曰吾嘗

讀王命論班彪所傳及漢書嘉其立言彼生彪固之胄歟相國馮翊王公德宗幸奉天進封嚴震馮翊郡王中書門下貞元十三年卒見震本傳晏元獻曰宜去王字功在社稷德在生人其門子弟遊文章之府者吾嘗與之齒震子悈協公彌公既彼生嚴氏之出歟承世家之儒風沭外族之休光彼生專聖人之書而趨君子之林宜矣哉遂如辛氏之談濡翰于素因寓于辭曰為我謝子之舅氏珠玉將至得無脩容乎

送獨孤申叔侍親往河東序

河東古吾土也（柳氏本河東人也）家世遷徙莫能就緒聞其間有大河條山氣蓋關左文士往往仿佯臨望（仿佯徘徊也音旁羊）坐得勝槩焉吾固翹翹褰褰奮懷舊都日以滋甚獨孤生周人也（獨孤生名申叔字子重貞元十三年中第）往而先我且又愛慕文雅甚達經要才與身長（上聲）志益強力挾是而東夫豈徒往乎溫凊奉引之隟（與隙同）必有美製儻飛以示我我將易觀而待所不敢忽古之

序者期以申導志義不爲富厚而今也反是生至於晋出吾斯文於筆硯之伍其有評我太簡者愼勿以知文許之

送豆盧膺秀才南遊序詩

君子病無乎内而飾乎外有乎内而不飾乎外者無乎内而飾乎外則是設覆爲穽也禍孰大焉有乎内而不飾乎外則是焚梓毀璞也詬孰甚焉詬古候切於是有切磋琢磨磋倉何切鏃礪栝羽之道家語子路曰南山有竹不揉自直斬而用之達乎犀甲如此言

之何學之有孔子曰括而羽之鏃而礪之其入之不亦深乎○鏃作木切礪音厲聖人以爲重豆盧生内之有所者也余是以好之而欲其遂焉而恒以幼孤羸餒爲懼恤恤焉遊諸侯求給乎是是固所以有乎内者也然而不克專志於學飾乎外者未大吾願子以詩禮爲冠屨以春秋爲襟帶以圖史爲佩服琅乎璆璜衡牙之響發焉璆美玉名出崑崙渠幽切煌乎山龍華蟲之釆列焉華蟲雉也則揖讓周旋乎宗廟朝廷斯可也惜乎余無祿食於世不克稱

其欲成其志而姑欲其速反也故詩而序云

送趙大秀才往江陵謁趙尚書序在永州作序自可見

士之知感激許與常欲以有報爲志者則凡志乎道者咸願爲之如趙生庶乎哉來謂余曰宗人尚書以碩德崇功由交廣臨荆州宗人指趙宗儒也元和初檢校禮部尚書東都留守三遷爲吏部尚書荆南節度使趙昌字洪祚天水人貞元二十年三月自國子司業爲安南都護安南郎交州元和元年四月轉戸部尚書爲嶺南節度使三年四月遷荆南節度使仁我若子姓恩禮

重厚有贇子爲御史又好學而甚文友我若同生歡欣交通我誠嘉樂爲之用甚不辭也不幸遭重痼六旬而後知人方其急也大懼不克報尚書公之恩又懼無以當御史君之心以没每念于是未嘗不衋然內傷衋傷痛也許力切若受鋒刃自是而後調藥石時飲食生血補氣強筋植骨榮衛之和膂力之剛迨今茲始全然爲人舒幹抗首文翰端麗一有其字材足以用敢辭而往以効於戲下戲大將之旗○戲音羲亦作麾其言

云爾自吾竄永州三年（一作四年）趙生亟見視其狀恭謹愿慤（恭一作專）觀其跡温密簡靜聞其言徑直端誠自尚書之爲荆州（之爲一本止作理字）異政日至至則趙生喜抃起立（喜或作震）伸目四顧不啻若自已而爲之者誠宜有報知巳之道又誠宜有大賢而爲之知也是行也趙生其將奮六翮翔千里以爲轅門大府之重（轅門謂以車爲門）增羽儀之盛其道美矣故余繼之以辭

河東先生集卷第二十二

河東先生集卷第二十三

序別

同吳武陵贈李睦州詩序 李睦州坐李錡而貶後以赦始移永州公時同武陵皆謫於永序在李睦州至永後作之

潤之盜錡魚倚切又音奇竊貨財聚徒黨爲反謀十年李錡者淄川王孝同五世孫以父蔭累遷杭湖二州刺史貞元十五年二月遷潤州刺史浙西觀察諸道鹽鐵轉運使天下榷酒漕運錡得專之乃增置兵額二十一年三月於潤州置鎮海軍以錡爲節度使而罷其鹽鐵使務今天子即位三年

大立制度於是盜恐且奮將遂其不善憲宗即位不假借方鎮故倔強者稍入朝元和二年錡三表請覲上許之實無行意殺留後王澹等視部中良守不爲已用者誣陷去之睦州由是得罪天子使御史按問館于睦自門及堂皆其私卒爲衛天子之衛不得搖手辭卒致具有間盜遂作元和二年十月詔徵錡爲左僕射以御史大夫李元素代之錡據潤州叛而庭臣猶用其文斥睦州南海上初貶循州既上道盜以徒百人遮于楚越之郊戰且走乃得完爲左官吏左官猶左遷無幾盜就禽斬

之于社垣之外潤州大將張子良等執錡以獻斬於獨柳樹書不用命戮于社社為陰陰主殺論者謂宜還睦州以明其誣既更大赦元和三年正月大赦天下始移永州去長安尚四千里睦州未嘗自言吳武陵剛健士也懷不能忍於是踴躍其誠鏗鏘其聲鏗丘耕切鏘千羊切出而為之詩然後慊於內慊恨也又愜也苦簟切余固知睦州之道也熟銜匿而未發且久聞吳之先焉者焉一作言激於心若鐘鼓之考不知聲之發也遂繫之而重以序

送南涪州量移澧州序南涪州即南霽雲之子承嗣也傳載承嗣爲涪州刺史劉闢反以無備謫永州後以赦移澧州○涪音浮

越有納官之令以勝大敵越語王令軍中有能助寡人謀而退吳者吾與之共政孫子寡婦疾疢貧病者納官其子官仕也仕其子而教之廩以食之也漢有羽林之制以威四夷漢武大初元年初置羽林騎取從軍死事之子孫養羽林官教以五兵號羽林孫兒國家寵先中丞御史中丞南霽雲死節睢陽邁古人之烈邁過烈業也故君自未成童霽雲死事其子承嗣七歲即授婺州別駕歷刺施涪二州成童八歲以上品常

第四人猶曰於古爲薄漢北地都尉卬音昂以不勝任陷匈奴而子單侯于缾漢文十四年匈奴冦邊殺都尉孫卬其子單以父力戰死事封缾侯班彪北征賦弔尉卬於朝那濟北相韓千秋以匹夫之諒奮觸南越而子延年侯于成安西漢功臣表韓延年以其父千秋擊南越死事封爲成安侯君之土田之錫猶挫於有司之手始由施州爲涪州扞蜀道勍冦永貞元年八月西川節度行軍司馬劉闢反□勍其京切晝不釋刄衣不釋甲曰我忠烈徇也期死待敵敵亦曰彼忠烈徇也盡力致命是不可犯

◎

然而筆削之吏以簿書校計羸縮受譴兹郡兹郡即永州凡二歲朝廷建大本貞萬邦書一人元良萬邦以貞謂元和四年閏三月立鄧王寧爲太子慶澤之濡洗濯生植又況涪州家聲之大裕蠱之志易裕父之蠱蠱音古宜尤被顯寵者也自漢而南漢字恐誤州之美者十七八莫若澧澧之佐理莫踰於長史以是進秩人猶曰且有後命永州多謫吏而君侯惠和温良故其歡愉異於他部優詔既至而君適讐於文讐合也文詔令也謂合於詔令當量移也口讐是周切其往

也獨故凡羨慕之辭無不加等噫以君承荷之重恭肅之美四方之求忠壯義烈者將於君是觀凡君子之志欲其優柔而益固憤悱而不忘以增太史世家之籍用是爲貺則拱璧大鼎老子雖有拱璧以先駟馬春秋取郜大鼎烏可以言重乎

送薛存義之任序存義令永州之零陵其去也公序而送之〇一本無之任二字

河東薛存義將行柳子載肉于俎崇酒于觴說文觶實曰觴虛曰觶皆酒器追而送之江之滸詩在河之滸滸水涯

音虎飲食之詩飲之食之飲食音蔭嗣○且告曰凡吏于土
者若知其職乎若汝也其下受若怠若盜若並同義蓋民之役
非以役民而已也凡民之食于土者出其十
一傭乎吏使司平於我也今我受其直怠其
事者天下皆然豈惟怠之又從而盜之向使
傭一夫於家受若直怠若事又盜若貨器則
必甚怒而黜罰之矣以今天下多類此而民
莫敢肆其怒與黜罰何哉勢不同也勢不同
而理同如吾民何有達于理者得不恐而畏

乎存義假令零陵二年矣零陵永州縣名蚤作而夜思勤力而勞心訟者平賦者均老弱無懷詐暴憎其爲不虛取直也的矣其知恐而畏也審矣吾賤且辱不得與考績幽明之說書三載考績三考黜陟幽明○與去聲於其往也故賞以酒肉而重之以辭

送薛判官量移序薛判官名巽自連州量移朗州朗州即今鼎州也連與永相接永又鼎之經塗故公送以序

仕於世有勞而見罪凡人處是鮮不怨懟忿

憤（懟音隊忿房吻切）列於上愬於下此恆狀也（恆胡登切）異於恆者其道宜顯薛生司貨賄於軍輿之際兵亂不去然得以不犯由太行以東皆傳道之可以爲勞矣而竟連大獄以至於放（巽始佐河北軍有勞未及錄會其長子皋謨及董溪以罪聞巽坐貶）不感於貌不悱於心樂以自肥而未嘗尤於物其有異於恆矣哉朝廷施恩澤（一有大字）凡受謫者罪得而未薄（未一作末）乃命以近壤薛君去連而吏於朗是其漸於顯融君子學以植其志信以篤其

道有異於恒者充而大之苟推是以往雖欲辭顯難矣

送李渭赴京師序（渭唐宗室子此序公作于柳州）

過洞庭上湘江（湘水名漢志云出零陵陽海山北入江）非有罪左遷者罕至又況踰臨源嶺下灕水（灕水今之桂江）（灕水出零陵灕力支切）出荔浦（荔浦縣名○荔音戾）名不在刑部而來吏者其加少也固宜前余逐居永州李君至固怪其棄美仕就醜地無所束縛自取瘴癘後余斥刺柳州（元和十年公刺柳州）至于桂君又

在焉方肩肩爲吏噫何自苦如是耶明時宗
室屬子當尉畿縣令王師連征不貢二府方
汲汲求士李君讀書爲詩有幹局久遊燕魏
趙代間知人情識地利能言其故以是入都
于丞相益國事不求獲乎已而已以有獲乎
嫉其不爲是久矣今而曰將行請余以言行
哉行哉言止是而已

送嚴公貺下第歸興元覲省詩序

嚴氏之子有公貺者嚴震字遐聞建中二年十二月拜梁州刺史山

南西道節度使封馮翊郡王四子㦤協公弼公覬退自有司踵門而告柳子曰吾獻藝不售於儀曹之賈儀曹禮部貨不中度敢遙其咎詰朝將行願聞所以去我者其可乎哉余諭之曰吾子以冲退之志端其趣嚮以淬礪之誠淬音倅礪音厲修其文雅行當承教戒於獨立之下濬發清源濬音浚激揚洪音沛哉鏗鏗乎充于四體之不暇吾何敢去子恭惟相國馮翊公貞元十二年震向平章事有大勳力盈于旂常周禮凡有功者書于王之太常太常旗名也日月爲常交龍爲旂

極人臣之尊分天子之憂殿邦坤隅詩殿天子之邦漢中在西為坤隅柄是文武若子者生而有黼續粱肉之美黼續命服也續即繪字不知耕農之勤勞物役之艱難趍其庭有魏絳之金石焉襄十一年左傳鄭人賂晉侯以歌鍾二肆及其鎛磬女樂二入晉侯以半賜魏絳絳始有金石之樂候其門有亞夫之棨戟焉漢制假棨戟以代斧鉞為棨戟前驅之器以木為之王公以下通用以前驅也棨形如戟遣禮切中人處之不能無傲而子之伯仲皆脫略貴美服勤儒素退託於布衣帶之任如少習然故繼登上科貞元五年

公弼登第以及於子是可舉嚴氏之教誦乎他門使有矜式也而吾子又引慝内訟書負罪引慝注慝惡也論語我未見能見其過而内自訟者也撝謙如此其何患乎賈之不售而自薄哉於是文行之達一有者字若高陽齋據者據貞元二年中第偕賦命余序引余朴不曉文故書嚴子之嘉言編于右簡竊褒貶之義以贈

送元秀才下第東歸序元秀才公瑾也集有荅貢士元公瑾書亦謂其有文行而不能薦於有司

周乎志者（周至也）窮躓不能變其操（說文躓跲也又頓也）（音致操去聲）周乎藝者屈抑不能泯其名其或處心定氣居斯二者雖有窮屈之患則君子不患矣元氏之子其殆庶周乎言恭而信行端而靜勇於講學急於進業既遊京師寓居側陋無使令之童闕交易之財可謂窮躓矣而操逾厲志之周也才濬而清詞簡而備工於言理長於應卒（倉忽切）從計京師受丙科之薦獻藝春卿當三黜之辱（柳下惠爲士師三黜）可謂屈抑

矣而名益茂藝之周也苟非處心定氣則曷能如此哉余聞其欲退家殷墟定四年左傳命以康誥而封于殷墟殷墟朝歌今衛州也修志增藝懼其沉鬱傷氣懷憤而不達乃往遊而諭焉夫有湛盧豪曹之器者越勾踐有寶劍五純鈞湛盧鏌鋣豪曹巨闕吳越春秋越王元常使歐冶子造劍三魚腸豪曹湛盧吳都賦純鈞湛盧注二劍名也患不得犀兕而剸之剸細剖也音充之轉二切不患其不利也今子有其器宣其利乘其時夫何患焉磨礪而坐待之可也遂欣欣而去

送辛殆庶下第遊南鄭序

朝廷用文字求士，每歲布衣束帶（孔子曰束帶立於朝）偕計吏而造有司者（漢武元光三年徵吏民有明當世之務者令與計偕計者上計簿使也偕俱也）僅半孔徒之數（孔門有三千之徒今半其數）。春官上大夫（謂禮部侍郎）擢甲乙而升司徒者（禮記王制命鄉論秀士升之司徒曰選士）於孔氏高第亦再倍焉。僕在京師（貞元六年公至京師）凡九年于今，其間得意者二百有六十人，其果以文克者十不能一二。嘗從俊造之後（王制司徒論選士之秀者而升之學曰俊士升於司徒者不征於鄉升于學者不征於司徒曰造士頗涉藝文之事四貢鄉里而後獲焉貞元九年公始中進士第方之於釣者絲綸不屬之欲切釣喙甚直懷有美餌懷一作嗜而魰望獲魚之暮魰望怨望也凵魰音决又音窺瑞切則善取者皆指而笑之今辛生固窮而未達遲久而不試褒衣之徒視子而捧腹者蓋不之知焉一作蓋不乎〻焉辛生嘗南依蠻楚謂荊州也專志於學爲文無謬悠迂誣之談鍛鍊翦截動可觀采故相國齊公貞元二年正月齊映同平章事至是蓋已死矣接禮加等常爲

右客謝連雪賦云相如未至居客之右且佐其策名之願左氏僖二十三年傳曰策名委質名書於所臣之策遂笈典墳笈貢書箱也口笈極韡切又音及袖文章坮來王都笑揖羣伍文昌下大夫文昌尚書省也上士之列見而器異爭爲鼓譽由是爲閭人戰術藝之場莫與爭鋒然而遷延三卦躑躅不振躑直擲切躅廚玉切豈其直鈎而釣懷美餌而羨魚者耶若辛生者有司抑之則巳不然身都甲乙之籍其果以文克歟今則囊如懸磬孝齊公伐魯見侯者曰魯國恐乎室如懸磬野無青草傭室

寓食方將適千里求仁人被冒畏景陟降棧道殆庚往南鄭謁山南西道節度使嚴震史記張良說漢王燒絕棧道謂今之閣道也吾欲抑而不歎其若心胷何然吾聞焚舟而克文三年左傳秦伯伐晉濟河焚舟手劒而盟者莊十三年公羊傳公會齊使盟于柯莊公升曹子手劒而從之皆敗北之餘也子之厄困而往覇心勇氣無發於是行乎成拜賜之信僖三十三年左傳孟明謂晉人曰若從君惠而免之三年將拜君賜刷壓境之恥莊十三年公羊傳曹子曰城壞壓境君不圖與無乃果於是舉乎往慎所履如志遄返遄速也淳緣切勉自固植以

遂子之欲姑使談者謂我言而中（而一作兩）不猶愈乎

送崔子符罷舉詩序（崔九名策字子符公嘗有與策登西山詩）

世有病進士科者思易以孝悌經術兵農曰庶幾厚於俗而國得以爲理乎柳子曰否以今世尚進士故凡天下家推其良公卿大夫之名子弟國之秀民舉歸之且而更其科以爲得異人乎無也唯其所尚文學（一作又舉）移而

從之尚之以孝悌孝悌猶是人也尚之以經術經術猶是人也雖兵與農皆然曰然則宜如之何曰卽其辭觀其行考其智以爲可化人及物者隆之文勝質行無觀智無考者下之俗其以厚國其以理科不俟易也今有博陵崔策子符者少讀經書爲文辭本於孝悌理道多容以善別時剛以知柔進於有司六選而不獲家有寃連伏闕下者累月不解（音懈）仕將晚矣而戚其幼孤往復不憚萬里再歲

不就選世皆曰孝悌人也孝一作仁是且不見隆雖百易科其可厚而理乎今夫天下已理民風已厚欲繼之於無窮其在慎是而已朝廷未命有司既命而果得有道者則是術也宜用崔子之仕又何晚乎僕智不足而獨爲文故始見進而卒以廢居草野八年麗澤之益易麗澤兊君子以朋友講習鏃礪之事注見豆盧膺序空於耳而荒於心崔子幸來而親余親一作覲讀其書聽其言發余始志若寤而言夢醒而問醉未及悉

而告余以行余懼其悼時之往而不得於内也獻之酒賦之詩而歌之坐者從而和之既和而叙之叙一作序

送蔡秀才下第歸覲序

僕之始貢於京師著者卦之曰是所謂望而未覩而一作之隱而未見易隱而未見行而未成曭乎遠而有榮者也曭日無光也不明也他曩切今茲歲在鶉首若合於壽星其果合乎歲在未曰鶉首貞元七年辛未公在京師壽星屬辰酉與辰合故至九年癸酉公登第焉僕時悒然遲之謂其誕

慢怪迂是將不然然而僅寘於懷耳未克決而忘之也後果依違遷就四進而獲卒如其言云噫彼莫莫者其有宰於人乎不然何其應前定若是之章明也今蔡君馳聲耀譽聞於公卿戰藝之徒推爲先登隱十年左傳潁考叔取鄭伯之旗以先登而五就鄉舉徃則見罷意者前定之期殆未及歟故君子之居易俟命禮記君子居易以俟命小人行險以徼幸樂天不憂者易樂天知命故不憂○一本無上五字果於自是也君其勵文學焉丈人牧人南邦君

展覲承顔婆娑愉樂之暇則克其經笥茂是文苑時焉遷哉（焉於虔切）遲速之事則瞽史之任吾不及知

送韋七秀才下第求益友序（一本無求益友三字）

〔盖元和八年間作〕

所謂先聲後實者豈唯兵用之（漢書廣武君說韓信曰兵有先聲而後實○一本用之下有然字非）雖士亦然若今由州郡抵有司求進士者歲數百人咸多爲文辭道今語古角夸麗務富厚有司一朝而受者幾

千萬言讀不能十一即偃仰疲秏（秏亂也音冒）目眩而不欲視心廢而不欲營如此而曰吾能不遺士者僞也唯聲先焉者讀至其文辭心目必專（目一作耳）以故少不勝京兆韋中立其大懿且高其行愿以恒試其藝益工久與居益見其賢然而進三年連不勝是豈拙於爲聲者歟或以韋生之不勝爲有司罪余曰非也穀梁子曰心志既通而名譽不聞友之過也名譽既聞而有司不以告（不以告或作不取者）有司之

過也昭十九年穀梁傳子旣生不免乎水火母之罪也羈貫成童不就師傅父之罪也就師學問無方心志不通身之罪也心志旣通而名譽不聞友之罪也名譽旣聞有司不舉有司之罪也人之視聽有所止神志有所不及卿上云有司疲耗事古之道名譽未至不以罪有司而況今乎今韋生樂植乎內而不欲揚乎外其志非也孔子不避名譽以致其道今韋生伏其文簡其友思自得於有司抑非古人之道歟將行也余爲之言旣以遷其人又以移其友且使惑者知釋有司也

送辛生下第序畧

在京師時作

自命鄉論士之制命鄉論秀士升之司徒曰選士出禮記王制篇壞而不復士莫有就緒故叢于京師京兆尹歲貢秀才常與百郡郡相抗登賢能之書或半天下取其殊尤以爲舉首者仍歲皆上第過而就黜時謂怪事有司或不問能否而成就之中書高舍人備位于禮部攘袂矯枉痛抑華耀高郢貞元中遷中書舍人進禮部侍郎知貢舉時四方士務朋比更相譽薦以動有司徇名亡實郢患之乃謝絶請謁專取行藝司貢部凡三歲甄幽獨抑浮華流競之俗爲

褒首京師之貢者首一作會再歲連黜辛生以是不在議甲乙伍中其沉沒厄困之士闔戶塞竇禮儒行儒有蓽門圭竇竇穴也而得榮名者連眕而起說文眕井田間陌也止忍切談者果以至公稱焉其能否也世莫知也若辛生其文簡而有制其行直而無犯嚮使不聞於公卿不揚於交游又不爲京師貢首則其甲乙可曲肱而有也嗚呼名之果爲不祥也有是夫既受退告歸長沙長沙潭州以辛生之文行八年無就如其初而退返

吾甚憒焉孟子曰位卑而言高者罪也於辛

生又不能已故畧（下闕）

東吳郭雲鵬校書梓

河東先生集卷第二十三

河東先生集卷第二十四

序

送從兄偁罷選歸江淮詩序史傳年表公從兄偁無見焉其曰從姪立貞元十一年中進士第者也偁一作稱

伯氏自淮陽從調詩伯氏吹塤仲氏吹篪伯仲兄弟淮陽陳州調選也抵于京師冬十月牒計不至攝袵而退攝袵謂斂襟也顧謂宗元曰昔吾祖士師柳下惠爲士師生于褎周與道同波爲世儀表故直道而仕三黜不去孔氏稱之語曰直道而事人焉往而不三黜遺佚而不怨

厄窮而不憫孟子贊之今吾遑遑末路寡偶希合進不知嚮退不知守所不敢折其志感其心遵祖訓也然而闕滫瀡之養滫瀡謂泔滑也禮內則堇荁枌榆免薧滫瀡以滑之注秦人溲曰滫齊人滑曰瀡○滫息有切瀡音髓乏庚釜之畜論語子華使於齊冉子謂其母請粟子曰與之釜請益曰與之庚注六斗四升曰釜十六斗曰庚逼迸無成逼逼筆力切迸北諍切東轅淮湖雖欲脫細故於胷中味道腴於舌端勉修厥志懼不恒久恒胡登切子當慰我窮局之懷祛我行役之憤慱之以文論語博我以文約我以禮發於詠

歌吾非子之望將誰望焉宗元再拜曰夫聞
善不慕與聾瞶同見善不敬與昏瞽同知善
不言與嚚瘖同則聞之先達久矣矧吾兄有
柔儒之茂質恢曠之弘量敢不敬乎有述祖
之美談安道之貞節敢無慕乎覩徽容而敬
聞嘉話而慕敢無言乎言不稱德文不盡志
適爲累而已矣於是賦而序之繼其聲者列
于左凡五十七首遂命從姪立編爲後序終
焉

送從弟謀歸江陵序 公高祖諱子夏徐州長史此序首云吾與謀由高祖王父而異其別蓋自此然謀之父祖年表譜系皆闕無所稽焉

吾與謀由高祖王父而異謀少吾二歲往時在長安居相邇也與謀皆甚少獨見謀在衆少言好經書心異之其後吾爲京兆從事公爲盩厔尉謀來舉進士復相得益知謀盛爲大詞通外家書一再不勝懼禄養之緩棄去爲廣州從事復佐邕州連得薦舉至御史後以智

免歸家江陵有宅一區環之以桑有僮指三百有田五百畝樹之穀藝之麻（藝種也）養有牲出有車無求於人日率諸弟具滑甘豐柔（禮內則棗栗飴蜜以甘之菫荁枌榆免薧滫瀡以滑之）視寒煖之宜其隟（隟與隙同）則讀書講古人所謂求其道之至者以相勵也過永州爲吾留信次（莊三年左傳凡師一宿爲舍再宿爲舍爲信過信爲次）見道其所爲者凡士人居家孝悌恭儉爲吏祇肅出則信入則厚足其家不以非道進其身不以苟得時退則退尊老無井

臼之勞和安而益壽（和安一作安和）兄弟衎衎以相友（衎衎樂也　空旱切）不謀食而食給不謀道而道顯則謀之去進士爲從事於遠始也吾疑焉今也吾是焉別九歲而會於此視其貌益偉問其業益習叩其志益堅於虖吾宗不振久矣識者曰今之世稍有人焉若謀之出處庸非所謂人歟或問管仲孔子曰人也謀雖不試於管仲其爲道無悖亦可以有是名也抑又聞聖人之道學焉而必至謀之業良矣而又

增焉志專矣而又若不足焉孔子之門不道管晏孟子公孫丑問曰夫子當路於齊管仲晏子之功可復許乎孟子曰管仲曾西之所不爲也而子爲我願之乎云云則謀之爲人也人下一有志字其可度哉吾不智觸罪擯越楚間六年謂永州時築室茨草爲圃乎湘之西穿池可以漁種黍可以酒甘終爲永州民又恨徒費祿食而無所荅下媿農夫上慙王官追計往時咎過日夜反覆無一食而安於口平於心若是者豈不以少好名譽嗜味得毒國語單襄公謂魯成公曰高位寔疾顛厚

味寔腊毒而至於是耶用是愈賢謀之去進士爲從事以足其家終始孝悌今雖欲羨之豈復可得謀在南方有令名其所爲日聞於人吾恐謀不幸又爲吾之所悔者將巳之而不能得可若何然謀以信厚少言蓄其志以周於事雖屨吾跡將不至乎吾之禍則謀何悔之有苟能是雖至於大富貴又何慄耶振吾宗者其惟望乎爾

送澥序澥公之族屬也○澥音邂

人咸言吾宗宜碩大有積德焉在高宗時並居尚書省二十二人永徽二年栁奭同平章事遭諸武以故衰耗奭爲武后所惡貶愛州刺史尋殺之籍沒其家武氏敗猶不能興一無武氏敗猶興五字爲尚書吏者間十數歲乃一人永貞年吾與族兄登登字伯成芳之子並爲禮部屬公爲禮部員外郎登爲膳部郎中吾黜而季父公綽更爲刑部郎公綽字起之溫之子以吏部員外郎爲西川武元衡判官復入爲吏部郎中○刑下一有吏字則加稠焉又觀宗中爲文雅者炳炳然以十數仁義固其素也意者其復興

乎一無其字自吾爲僇人僇與戮同刑也居南鄉後之潁
然出者吾不見之也其在道路幸而過余者
獨得澥澥質厚不諂敦朴有裕若器焉必隆
然大而後可以有受擇所以入之者而已矣
其文蓄積甚富好慕甚正若墻焉必基之廣
而後可以有蔽擇其所以出之者而已矣勤
聖人之道輔以孝悌復嚮時之美吾於澥焉
是望汝往哉見諸宗人爲我謝而勉焉無若
太山之麓止而不得升也其唯川之不已乎

吾去子終老於夷矣

送內弟盧遵游桂州序昌黎銘公墓云舅弟盧遵涿人性謹慎學問不厭自子厚之斥遵從而家遠其死不去觀公此序信然矣

外氏之世德存乎古史揚乎人言其敦大朴厚尨異乎他族由遵而上五世爲大儒兄弟三人咸爲帝者師盧植涿人後漢時爲尚書植子毓魏司空毓子珽晉侍中珽子志中書監志子諶司空從事中郎四代有傳諶子偃偃子邈邈曾孫靖靖三子景裕辯光皆爲帝者師辯號帝師房景裕魏國子博士齊文襄帝師辯西魏侍中尚書令周

（武帝師光西魏侍中將作大匠恭帝師詳見元和姓纂）其風之流者皆好學而質重遵余弟也（遵公舅之子○又一本作余弟子也）廣而不肆巽而不懾孝敬忠信之道拳拳然（禮記得一善則拳拳服膺而不失之矣）未嘗去乎其中蓋由其中出者也浸潤以詩易動搖以文采以余棄于南服來從余居五年矣未嘗見其行有悖乎義（悖音佩又蒲没切）言有異乎行者則余之棄也適累斯人焉以愛余而慰其憂思故不爲京師遊以取名當世以桂之邇也而中丞之道光

大時御史中丞裴行立爲桂管觀察使多容賢者故洋洋焉樂附而趨以出其中之有夫如是則宜奮翼鱗一無則字乘風波以游乎無倪倪分也往哉其漸乎是行也

送表弟呂讓將仕進序呂渭字君載河中人貞元中爲湖南觀察使四子温恭儉讓

吾觀古豪賢士能知生人艱饑羸寒蒙難抵暴捽抑無告説文捽持頭髮也昨没切以呼而憐者皆飽窮厄恒孤危訑訑忡忡訑音怡忡敕中切東西南北

無所歸然後至于此也今有呂氏子名讓生而食肉厭粱稻欺紈縠幼專靖不好遊不踐郊牧坰野爾雅邑外謂之郊郊外謂之牧牧外謂之野野外謂之林林外謂之坰不目小民農夫耕築之倦苦不耳呼怨而獨粹然憐天下之窮甿說文甿田民也與氓同坐而言未嘗不至焉此孰告之而孰示之耶積於中得於誠往而復咸在其內者也彼告而後知示而後哀由外以鑠已鑠式灼切因物以激志者也中之積誠之得其爲贊也莫尚焉呂氏子

得賢人之上資增以嗜儒書多文辭上下今古左程右準程式也以爲直道直一作其其於遠且大若稼而穀圃而蔬不丐買而有也今來言曰道不可特出功不可徒成必由仕以登假辭以通然後及乎物也吾將通其辭于於仕庚施吾道願一決其可不可於子何如余曰志存焉存一作好學不至焉不可也學存焉辭不至焉不可也辭存焉時不至焉不可也今以子之志且學而文之而下一本又有且字又當主上興

太平賢士大夫爲宰相卿士吾子以其道從容以行由於下達於上旁施其事業若健者之升梯舉足愈多身愈高人愈仰之耳道不誤矣勤而不忘斯可也怠而忘斯不可也捨是吾無以爲決子其行焉元和十年讓中第

陪永州崔使君遊宴南池序使君崔敏也刺永而卒公嘗誌其墓及以文祭之有云棐等咸以罪戾謫茲炎方公垂惠和枯槁以光鳴鑾適野況鷁沿湘廣筵命樂華燭飛觴與此序意同

零陵城南環以羣山延以林麓（麓山足也）其崖谷之委會（委會水聚處）則泓然爲池（泓下深貌烏宏切）灣然爲溪（灣水曲也烏還切）其上多楓柟竹箭（柟即楠字）哀鳴之禽其下多芡芰蒲蕖（芡雞頭芰小荷蒲蕖芙蓉○芡音儉芰音騎蕖音渠）騰波之魚韜涵太虛澹灩里閭（澹灩搖動也韜音滔澹音淡灩音豔）誠游觀之佳麗者已崔公既來（元和中以御史中丞崔公爲永州刺史）其政寬以肆其風和以廉既樂其人又樂其身于暮之春徵賢合姻登舟于茲水之津連山倒垂萬象在下浮空泛

景蕩若無外橫碧落以中貫陵太虛而徑度羽觴飛翔匏竹激越匏瓠也可以爲笙憮然而歌婆娑然而舞婆娑舞貌持頤而笑瞪目而倨瞪目直視也直陵丈證二切不知日之將暮則於向之物者可謂無負矣昔之人知樂之不可常會之不可必也當歡而悲者有之況公之理行宜去受厚錫而席之賢者率皆左官蒙澤左官或作在謨方將脫鱗介生羽翮夫豈趑趄湘中趑千資切趄千余切爲顦顇客耶顦音憔顇音悴余既委廢於世恒得與是山

水爲伍而悼兹會不可再也故爲文志之

愚溪詩序公嘗與楊誨之書云方築愚溪東南爲室而此言丘泉溝池堂溪亭島皆具序當作於書之後所謂八愚詩今逸之可惜也已

灌水之陽羅含湘中記有灌水有烝水皆注湘有溪焉東流入于瀟水或曰冉氏嘗居也故姓是溪爲冉溪爲一作曰或曰可以染也名之以其能故謂之染溪余以愚觸罪謫瀟水上愛是溪入二三里得其尤絶者家焉古有愚公谷說苑齊桓公出獵入山谷

能

中見一老公問曰是爲何谷對曰爲愚公之谷桓公曰何故對曰以臣名之今予家是溪而名莫定土之居者猶齗齗然孔子世家洙泗之間齗齗如也齗齗爭貌魚斤切不可以不更也故更之爲愚溪愚溪之上買小丘爲愚丘自愚丘東北行六十步得泉焉又買居之爲愚泉愚泉凡六穴皆出山下平地蓋上出也合流屈曲而南爲愚溝遂負土累石塞其隘爲愚池愚池之東爲愚堂其南爲愚亭池之中爲愚島嘉木異石錯置皆山水之奇者以余故咸以

愚辱焉夫水智者樂也樂五教切今是溪獨見辱於愚何哉蓋其流甚下不可以溉灌又峻急多坻石坻小渚音遲與坻同大舟不可入也幽邃淺狹蛟龍不屑不能興雲雨無以利世而適類於余然則雖辱而愚之可也甯武子邦無道則愚智而爲愚者也顏子終日不違如愚睿而爲愚者也二事並見論語皆不得爲眞愚今余遭有道而違於理悖於事故凡爲愚者莫我若也夫然則天下莫能爭是溪余得專而名焉溪

紀

雖莫利於世而善鑒萬類清瑩秀澈鏘鳴金石能使愚者喜笑眷慕樂而不能去也余雖不合於俗亦頗以文墨自慰漱滌萬物牢籠百態而無所避之以愚辭歌愚溪則茫然而不違昏然而同歸超鴻蒙混希夷寂寥而莫我知也於是作八愚詩於溪石上

婁二十四秀才花下對酒唱和詩序

婁秀才名圖南公集有酬婁秀才病中見寄詩有酬婁秀才將之淮南見贈詩有送圖南遊淮南將入道序今又有此序

君子遭世之理則呻呼踴躍以求知於世而遯隱之志息焉於是感激憤悱論語不憤不啓不悱不發思奮其志畧以効於當世故形於文字故一作以伸於歌詠是有其具是下一有故字而未得行其道者之爲之也婁君志乎道而遭乎理之世其道宜行而其術未用故爲文而歌之有求知之辭以余弟同志而偕未達故爲贈詩一無以字以悼時之往也余既困辱不得預睹世之光明而幽乎楚越之間故合文士以申其致將

俟夫木鐸（書曰遒人以木鐸狥于路）以閒於金石（閒廁也）大凡編辭於斯者皆太平之不遇人也

法華寺西亭夜飲賦詩序（寺在永州）

余既謫永州以法華浮圖之西臨陂池丘陵大江連山其高可以上其遠可以望遂伐木爲亭（公有西亭記及詩）以臨風雨觀物初而遊乎顥氣之始（氣一作氛）間歲元克己由柱下史（周藏書室史之柱下也因以爲官名老聃嘗爲柱下史周秦皆有柱下史在殿柱之下因以爲名此云由柱下史御史也）亦謫焉而來無幾何以文從余者多

萃焉是夜會兹亭者凡八人既醉克己欲志是會以貽于後咸命爲詩而授余序昔趙孟至於鄭賦七子以觀鄭志（襄二十七年左傳鄭伯享趙孟于垂隴子展伯有子西子產子太叔二子石從趙孟曰七子從君以寵武也請皆賦以卒君貺武亦以觀七子之志）克己其慕趙者歟卜子夏爲詩序使後世知風雅之道余其慕卜者歟誠使斯文也而傳于世庶乎其近於古矣

序飲（晏元獻本題曰序飲序綦二篇古本或有或無）

賈小丘（即上云愚丘也）一日鋤理二日洗滌遂置酒

溪石上嚮之爲記所謂牛馬之飲者鈷鉧潭西小丘記云其石之突怒偃蹇負爭爲奇怪者不可勝數其嶔然相累而下者若牛馬之飲于溪離坐其背禮記離坐離立注云離兩也今此離坐與記不同實觴而流之接取以飲乃置監史而令曰詩賓之初筵既立之監或佐之史注云立監以視之又助以史使督酒當飲者舉籌之十寸者三逆而投之能不洄于洑說文席洄也洑伏流也○洄胡雷切洑房六切不止于坻坻小渚音遲與坻同不沉于底者過不飲過下一句至字而洄而止而沉者飲如籌之數既或投之則旋眩滑汩眩熒絹切若舞若躍速

者遲者去者住者（住一作留）衆皆據石（一有位字）註視
愯折以聏其勢突然而逝（突陁没切）乃得無事於
是或一飲或再飲客有婁生圖南者其投之
也一洄一止一沉獨三飲衆乃大笑雖甚（婁生
未必拙衆人未必巧或飲或不飲者溪流不可必而人事有幸不幸也士有操名宦之籌
以角勝負於世途之風波者其爲幸不幸又可勝計耶）余病痞（痞腹内結痛也
音部鄙切）不能食酒（漢于定國食酒至數石不亂注云食酒者謂能多飲費盡
其酒猶云食言焉）至是醉焉遂損益其令以窮日夜
而不知歸吾聞昔之飲酒者有揖讓酬酢百

拜以爲禮者有咔號屢舞詩或不知咔號又曰賓既醉止載號載呶亂我籩豆屢舞僛僛如沸如羹以爲極者詩云文王曰咨咨汝殷商如蜩如螗如沸如羹有裸裎袒裼以爲達者孟子雖袒裼裸裎於我側爾焉能浼我哉公意盖謂嵇阮之類也○裸魯果切裎音呈袒音但裼音錫有資絲竹金石之樂以爲和者有以促數紏遬而爲密者數音朔今則舉異是焉故揖百拜而禮無咔號而極不袒裼而達非金石而和去紏遬而密簡而同肆而恭衎衎而從容於以合山水之樂成君子之心宜也作序飲以貽

後之人

序棊

房生直溫與予二弟遊（公二第宗直宗一）皆好學予病其確也思所以休息之者得木局隆其中而規焉其下方以直置棊二十有四（西京雜記漢元帝好擊鞠爲勞求相類而不勞者遂爲彈棊之戲令人罕爲之有譜一卷盡唐人所爲其局方二尺中心高如覆盂其巔爲小壺四角微隆起李商隱詩云玉作彈棊局中心最不平謂其中高也白樂天詩云彈棊局上事最妙是長斜今譜中具有此法子厚序棊棊用二十四棊者即此戲也）貴者半賤者半貴曰上賤曰下咸

自第一至十二下者二乃敵一用朱墨以別焉房於是取二毫如其第書之既而抵戲者二人則視其賤者而賤之貴者而貴之其使之擊觸也必先賤者不得已而使貴者則皆慄焉憯焉慄一作摽亦鮮克以中其獲也得朱焉則若有餘得墨焉則若不足余諦眡之以思其始則皆類也房子一書之而輕重若是適近其手而先焉非能擇其善而朱之否而墨之也然而上焉而上下焉而下貴焉而貴賤

焉而賤其易彼而敬此易以豉切遂以遠焉然則
若世之所以貴賤人者有異旁之貴賤茲基
者歟無亦近而先之耳有果能擇其善否者
歟其敬而易者亦從而動心矣心一作止有敢議
其善否者歟其得於貴者有不氣揚而志蕩
者歟一本作有氣不揚而志不蕩者歟其得於賤者有不貌
慢而心肆者歟其所謂貴者有敢輕而使之
者歟所謂賤者有敢避其使之擊觸者歟彼
朱而墨者相去千萬不啻有敢以二敵其一

者歟余墨者徒也觀其始與末有似綦者故

叙

東吳郭雲
鵬校壽梓

河東先生集卷第二十四